Verena Prantl

GLAS

Roman

für M und J

Da sprach Gott der HERR zur Schlange: Weil du dies getan hast, so sollst du verflucht sein mehr als alles Vieh und mehr als alle Tiere des Feldes! Auf deinem Bauch sollst du kriechen und Staub sollst du fressen dein Leben lang! Und ich will Feindschaft setzen zwischen dir und der Frau, zwischen deinem Samen und ihrem Samen: Er wird dir den Kopf zertreten, und du wirst ihn in die Ferse stechen.

1. Mose 3:14-15

Doch leider irrt der Mensch, wenn er an das Gute in sich glaubt. Er ist zu unmündig in seinem eigenen Denken, um über die Grenzen seines Verstandes hinauszublicken. Er sieht nur das, was er sehen will. Oder sehen kann. Er denkt nicht daran, zu erkennen, was unsichtbar ist, aber dabei doch nur allzu gegenwärtig. Es ist dieses eingeschränkte Denken, das sich der Mensch im Laufe seiner nunmehr großartigen, wenn nicht gar fantastischen Entwicklung angeeignet hat, das ihn für die wichtigen Dinge, die unsichtbaren Dinge, blind werden hat lassen. Wollen wir etwas daran ändern, dann wird es Zeit, dieses Denken abzulegen und darüber hinauszusehen. Dann würden wir die Wahrheit klarer vor uns sehen und uns nicht ständig selbst belügen. Es wäre möglich, wenn uns die Grenzen unserer selbstverschuldeten Unmündigkeit nicht daran hindern würden, ebendiese zu überschreiten. Das ist das Paradoxe daran. Die Grenzen, diese sozial konstruierten Beschränkungen, die wir uns einst selbst gesetzt haben und die zu überwinden so viel an Energie kosten würde, verhindern es, dass wir auch nur daran denken, sie zu brechen und das Unsichtbare tatsächlich wahrnehmen zu können.

Es war ein angenehm kühler Abend, denn es wehte ein frischer Wind, als er beschloss, das Schicksal in die Hand zu nehmen und alles zu beenden. Die Luft drinnen war dick von all den Versprechen und sinnlosen Liebesbekundungen gewesen, die doch niemanden interessierten. Er hatte sie alle getäuscht, und das war gut so. Denn so würden sie niemals erwarten, was er geplant hatte. Hätte er lächeln können, er hätte es wohl jetzt getan. Aber er musste noch abwarten, bevor er sich zu erkennen gab. Er ließ sie noch einen Moment des Glücks genießen. Glück. So ein dermaßen absurdes Konzept. Etwas, das alle suchen, aber nie zu finden glauben. Wie frustriert sie dann alle waren. Dabei ist es doch so einfach, glücklich zu sein. Indem man keine Ansprüche hat und keine Erwartungen. Wenn man nichts erwartet, kann man nicht enttäuscht werden und somit keine noch so sinnlose Hoffnung auf Glück verlieren. Das wusste er schon lange und deshalb lachte er über alle, die noch nicht zu dieser Erkenntnis gelangt waren. Nein, er wusste es besser. Sie musste nur noch überzeugt werden. Dass dieses Glück, das sie glaubte, gefunden zu haben, einfach nicht real war. Denn sie knüpfte dieses Glück an Menschen, und das konnte nur zum Unglück führen. Warum war ihr das nicht bewusst? Konnte sie das nicht sehen? Dabei war es so offensichtlich. Sobald man sein Glück, wenn es so etwas wie Glück überhaupt gab, von einer anderen Person abhängig machte, hatte man schon verloren. Denn Menschen waren unzuverlässig und sie waren ihm zuwider. Deshalb war er überzeugt, dass er zwar nicht gewinnen konnte, aber er konnte auch nicht verlieren. Denn sein Glück war nur von einem abhängig, nämlich von ihm selbst.

Er hatte sie genug beobachtet. Jetzt war der Moment gekommen, sein Moment im Licht. Er trat aus dem Schatten, in den sie ihn alle verbannt hatten, und zeigte seine wahre Gestalt. Er trat aus dem Schatten und packte sie von hinten.

Du gehörst mir. Ich lasse dich nicht gehen, flüsterte er. Uns kann jetzt nichts mehr trennen.

Direkt in ihr Ohr. Er konnte ihren Herzschlag spüren, ihre Verzweiflung. Wie sie sich dagegen zu wehren versuchte, was gerade passierte. Er genoss ihre Angst, ihre scheiß Angst, die nur er in ihr auslösen konnte. Sie hatte genug Spaß mit ihm gehabt, es war an der Zeit, alles zu beenden. Ihre lächerliche Kraft kam nicht im Geringsten gegen jene an, die die Wut ihm verlieh. Die aufgestaute Wut und sein Verlangen, das er immer hatte unterdrücken müssen. Doch das hatte jetzt ein Ende.

Wie sehr ich dich verachte. Du und deine Angst davor, dich deinen Ängsten zu stellen. Wie ironisch.

Diese Angst muss dich doch auffressen, dabei habe ich dich doch gewarnt, oder?

Sie wand sich in seinen Armen, versuchte sich zu befreien, schrie irgendetwas. Aber er hörte nicht zu. Er genoss ihre lächerlichen Versuche, sich zu befreien, genoss sie, die erzwungene Nähe. Jetzt hatte er die Macht und er war nicht bereit, diese wieder abzugeben. Seine Finger schlossen sich um das Heft des Messers, mit einer geschmeidigen Bewegung hatte er es aus ihrer Tasche gezogen und hielt es ihr direkt an die Kehle. Mit jeder Sekunde stieg ihre Panik, denn sie wusste, was geschehen würde. Sie wusste mehr, als sie sich zugestand. Er war sich sicher, dass sie es wusste. Nur einen Moment länger, nur einen Moment noch. Dann würden sich ihre Panik und ihre Verzweiflung in Resignation verwandeln. Er packte sie an den Haaren, nicht fest genug, um seinem Hass Ausdruck zu verleihen, was ihn störte. Also packte er fester zu. Noch fester. Ja, das tat gut. Ihr Gekreische beruhigte ihn. Fester, immer fester. Das war zu fest. Der Druck ließ nach, das Büschel ihrer langen Haare in seiner Hand störte ihn. Es war ihm lästig, wie eine Fliege, die sich immer wieder auf eine Stelle seines Körpers setzte. Er wurde die Haare nicht los, auch als er die Hand schüttelte. Er konnte das Blut in ihren Adern pulsieren spüren. Nein, er hörte es. Wie ihr Wimmern. Ein beruhigendes Geräusch. Es zeigte die Macht, die er über sie besaß. Und das war alles, was er brauchte.

Nie wieder wirst du mich ignorieren. Nie wieder wirst du mich respektlos behandeln.

Erregt von ihrer Reaktion, wurde seine Stimme zu einem Krächzen. Er packte sie erneut an den Haaren. Er genoss das Gefühl. Fester. Aber nicht zu fest, nicht so fest wie eben. Warum reagierte sie nicht auf seine Berührung? Warum gab sie keinen Ton von sich? Musste er doch mehr Gewalt anwenden? Er riss sie zu sich herum. Was er sah, ließ ihn irritiert innehalten. Ihr Blick war leer. So leer, als wäre nie etwas in ihr gewesen. Aber das war nicht möglich. Er hatte doch gerade noch die beschissene Angst in ihren Adern gespürt.

Sie nutzte seinen Moment der Verwirrung, riss ihm mit einer fließenden Bewegung das Messer aus der Hand, wobei sie sich selbst an der Klinge verletzte, und mit einem Mal war der Glanz in ihren Augen zurück. Sie hatte noch nicht aufgegeben, obwohl sie wusste, dass auch sie nicht gewinnen konnte. Sie würde kämpfen, und wenn es das Letzte war, das sie tat. Auch wenn sie nie gedacht hätte, dass er derjenige war, dem sie einmal gegenüberstehen musste, so wusste sie doch genau, dass sie handeln musste, jetzt, auch wenn es sie dabei zerstörte.

Das Messer war schwerer als erwartet, als sie es direkt an seiner Brust ansetzte und damit durch sein Fleisch schnitt. Es war anstrengend, das Messer immer tiefer in seine Brust zu treiben. Der Alkohol in ihrem Blut machte es leichter. Wie auch die Wut, die sie erfüllte. Mit jedem Zentimeter, mit dem das Messer tiefer in ihn eindrang, spürte sie das Fleisch, die Sehnen und das Fett, welches die scharfe Klinge durchtrennte. Sie spürte es, als wäre es ihr eigenes Fleisch, ihre eigenen Sehnen und ihr eigenes Fett, das sie durchtrennte. Tiefer. Immer tiefer. Sie begann das Gefühl des Zerstörens, des Tötens, des Sich-Befreiens zu genießen.

Du wirst mich nie besitzen, sagte sie und sah ihm in die Augen.

Diese waren vor Überraschung geweitet, Schmerz konnte sie darin keinen ausmachen. Mittlerweile waren ihre Hände voller Blut, seines vermischte sich mit dem ihren und sie spürte eine kranke Befriedigung in sich aufsteigen.

Du wirst sterben, hier und jetzt.

Er zischte etwas Unverständliches. Sie packte den Griff des Messers fester, stieß noch einmal zu. Und noch einmal. Die Anstrengung verdrängte alle anderen Gefühle. Schweiß tropfte ihr von der Stirn, als sie das Messer losließ und er vor ihr zu Boden ging. In ihren Handflächen spürte sie noch immer einen imaginären Widerstand, als würde sie noch immer versuchen, etwas zu zerschneiden, das eigentlich eine Einheit war und dessen Natur darin bestand, sich zu wehren.

Sie sah auf ihre Hände, blutverschmiert und zitternd. Sie fühlte nichts in sich. Keine Angst, keine Panik, keine Befriedigung.

Nur Leere.

Müde stieg sie aus ihrem Bett. Sie nahm eine Tablette gegen die Kopfschmerzen und machte sich fertig. Zwei Stunden später war sie am Flughafen und stieg in das Flugzeug. Der Weg bis zum Flugzeug war nicht gerade fußläufig und verlangte zudem noch zu viel zwischenmenschliche Interaktion. Es war ihr unangenehm. Die Blicke der Anderen, die sie sahen und sofort beurteilten. Ihre Frisur, ihre Kleidung, ihren Gang, ihren Blick. Lächelte sie zu viel? Oder sah sie griesgrämig aus? Den Einen mochte ihre gedankliche Abwesenheit als unhöflich erscheinen, den Anderen vielleicht als interessant. Sie konnte die Leute ihre Urteile förmlich denken hören, wenn sie an ihnen vorbeiging. Egal, was sie tat oder nicht tat, sie wusste, dass die Menschen sie bewerteten. Immer. Unaufhörlich.

Im Flugzeug war es laut und stickig. Sie warf einen Blick durch das ovale Fenster, das aus zwei Scheiben bestand, die durch einen kleinen Abstand voneinander getrennt waren. Ihre Aufmerksamkeit galt erst nicht der Landschaft draußen, sondern der Spinne, oder war es ein Käfer?, jedenfalls war es ein Insekt, das zwischen den beiden Scheiben des Fensters leblos feststeckte. Sie fragte sich, ob die Spinne auf der Suche nach Schutz gewesen war, vielleicht als das Flugzeug bei einem seiner vorherigen Flüge plötzlich Geschwindigkeit aufgenommen hatte? Oder war es der Unterdruck gewesen, der entstand, als das Flugzeug sich Richtung Wolken bewegte, der sie zwischen die Scheiben gesogen hatte? Sie seufzte und richtete ihren Fokus auf die Landschaft draußen. Eine Landschaft, die sie gedachte, hinter sich zu lassen. Sie hatte keine Wahl, denn die Angst war zu groß geworden. Sie hatte sie aufgefressen. Diese Angst, die sie nachts nicht mehr schlafen ließ und untertags nicht denken. Sie schüttelte den Kopf und beobachtete ihren Sitznachbarn aus den Augenwinkeln. Der Mann trug eine runde Hornbrille und einen braunen Tweed-Anzug. Seine Augen machten zwar einen wachen Eindruck, doch seine Nase war eine Spur zu groß, um sein Gesicht noch attraktiv wirken zu lassen. Ja, er sah aus wie jemand, der in die Stadt der Dichter und Denker gehörte. Automatisch erwiderte sie sein Lächeln, bevor sie ihren Blick abwandte. Mit zehn Minuten Verspätung startete das Flugzeug und die Geschwindigkeit, mit der sie sich von ihrer Heimat entfernte, hatte eine beruhigende Wirkung auf sie. Doch erst als das Flugzeug die trübe, graue Wolkendecke durchbrach und ihr die Sonne unerwartet hell ins Gesicht schien, atmete sie auf. Die Anspannung, die rein gar nichts mit Flugangst zu tun hatte, fiel von ihr ab und zum ersten Mal seit Ewigkeiten fühlte sie sich frei.

An den Flug selbst und die Landung konnte sie sich nicht mehr genau erinnern. Ihr müsst mir verzeihen, ich tendiere dazu, Unwichtiges zu vergessen, das vielleicht doch wichtig gewesen wäre, und Wichtiges, das sich im Nachhinein als unwesentlich entpuppt, für immer in meinen Erinnerungen abzuspeichern. Denn an eine Szene kann ich mich noch sehr gut erinnern. Sie hatte gerade das Flugzeug verlassen und zeigte ihren Pass einem recht freundlich wirkenden Mann. Skeptisch, aber nicht unfreundlich, betrachtete er erst ihren Pass, dann sie, dann wieder ihren Pass und wieder ihr Gesicht.

Was führt Sie in unsere kleine Stadt, Frau Eva Aspis?

Ihr Name aus seinem Mund klang seltsam. Überhaupt fand sie die Frage seltsam. Aber noch eigenartiger war die Tatsache, dass er ihren Vor- und Nachnamen aussprach. Eigentlich war es ihr sogar unangenehm. Als wäre es ein Eindringen in einen intimen Bereich, das Überschreiten einer Grenze.

Ich besuche Verwandte.

Nachdem er sie noch einmal prüfend angesehen hatte, gab er ihr den Pass zurück und wünschte ihr einen schönen Aufenthalt. Sie warf selbst noch einen Blick auf ihren Pass, das Foto war schon etwas älter und sie hatte sich mittlerweile verändert. Der kindliche Speck an ihren Wangen war verschwunden, die Augen waren groß und rund, ohne dabei unnatürlich zu wirken. Nicht hässlich, aber auch nicht besonders hübsch. Dafür war ihre Nase zu groß und ihre Lippen zu schmal. Nichts Außergewöhnliches zeichnete sie aus. Kein Leberfleck, keine dichten Augenbrauen, nichts, was das Durchschnittliche weniger durchschnittlich erscheinen lassen würde. Und daran würde sich nun auch nicht mehr viel ändern, mit Anfang zwanzig blieben die Grundsätze eines Gesichts gleich, nur würde es von künftigen Erfahrungen gezeichnet werden, vermutlich nicht zum Besseren. Sie bahnte sich ihren Weg durch den Flughafen und stieg in den Schnellzug in Richtung Stadt, wo sie bei einem Freund für die nächste Zeit unterkommen konnte, wenigstens für diesen Sommer. Das sollte genug Zeit sein. Bis dahin hatte sich die Situation sicher beruhigt.

Die regelmäßige Bewegung des Zuges hatte eine meditative Wirkung auf ihren Geist und ihre Gedanken. Sie schluckte, als mit der Entspannung auch Erinnerungen auftauchten. Schon spürte sie wieder seine Finger an ihrem Hals, glaubte die Gier seines Blickes in den Augen eines jeden, der ihr entgegenkam, wiederzuerkennen. Sie erinnerte sich an seinen faulig rauchigen Atem und die Brutalität, mit der er sie berührt hatte. Sie fröstelte und verdrängte diese Gedanken. Es war schon eigenartig, dass die Angst vor dem, was bereits geschehen war, noch immer so klar und deutlich spürbar sein konnte, dass die Erinnerung daran so lebendig blieb, dass sich bis heute jedes Detail davon in mein Gedächtnis gebrannt hat. Sie schüttelte den Kopf, zum Teil aus Gewohnheit, zum Teil vielleicht, um mit der Bewegung auch die Negativität aus ihren Gedanken zu vertreiben. Sie hatte gehofft, dass die räumliche Distanz ihr helfen würde, das emotionale Chaos ihres Geistes zu sortieren, und eine andere Perspektive zulassen würde, damit sie es schaffte, die Dinge in einem neuen Licht sehen zu können. Abstand. Abstand! Ja, Abstand, das war es, was sie brauchte. Vielleicht würde es ihr gelingen, hier in der Stadt der großen Worte, diesen physischen Abstand auch in ihre Erinnerungen zu bringen, damit sie wieder nach vorn blicken konnte. Das Trügerische an Erinnerungen war nur, dass manche mit der Zeit zwar verblassten, andere sich hingegen veränderten. Sie wurden harmloser oder gefährlicher. Schöner oder schrecklicher. Und es lag an ihr, wie sie mit diesen Erinnerungen umgehen würde. Deshalb war sie hier, in dieser Stadt. Diese Stadt, die selbst so voller Erinnerungen war, die dank der Statuen und zahlreichen Hinweise durch Schilder und Museen, dank der Schlösser und Parks ebenso unvergessen blieben, ja, fast schon glorifiziert wurden. Diese Stadt würde ihr helfen, ihre Erinnerungen neu zu schreiben und alte Erfahrungen mit neuen Erlebnissen zu ersetzen. Hier war sie vorerst in Sicherheit.

Der Sommer verging schnell und unspektakulär. Deshalb sollten euch die Einzelheiten des Sommers, bis auf ein paar, erspart bleiben. Ich kann mich ohnehin nur mehr vage daran erinnern und die Gefahr, die Wahrheit mit Einbildung zu verwechseln, wäre zu groß und dadurch auch nicht zielführend. Einen Anspruch auf Wahrheit, das ist es, was ich an diese Geschichte stelle. Also könnt ihr mir vertrauen, wenn ich euch verspreche, ehrlich zu sein, so ehrlich, wie ich es noch nie zuvor gewesen bin. Und ich betone, dass jedes Wort wichtig ist und mir nichts ferner liegt, als mit Überflüssigem eure Zeit zu verschwenden.

Es war ein kühler Samstagmorgen, oder war es Freitag?, der sich zu erzählen lohnt. Wie dem auch sei, es war ein geeigneter Tag für einen Spaziergang. Sie wollte Mirjam etwas mitbringen und der Sommer war schon fast vorbei. Sie überlegte, was würde sie freuen? Sie spazierte an einigen Läden vorbei, die verschiedenen Schnickschnack verkauften, aber nichts schien ihr zu gefallen. Dennoch ging sie in einen dieser Läden hinein und sah sich um.

Kann ich Ihnen behilflich sein?

Ein junges Mädchen stand vor Eva und lächelte sie an.

Nein, danke.

Wir haben eine schöne Sammlung an Tonwaren, die erst kürzlich eingetroffen sind, fuhr das Mädchen fort.

Aha.

Suchen Sie etwas Bestimmtes?

Ein Geschenk für eine Freundin.

Da haben wir eine schöne Auswahl an Duftkerzen, die Sie vielleicht interessieren könnte.

Eva ließ sich von dem Mädchen, viel älter als sechzehn konnte sie nicht sein, eine Auswahl an Duftkerzen zeigen. Sie fragte, welche Kerze ihrer Meinung nach am besten duftete.

Na ja, das kann man so nicht sagen. Geschmäcker sind ja verschieden, nicht wahr?

Aber ich hab doch nach Ihrer Meinung gefragt.

Das Mädchen zögerte kurz, bevor sie auf eine der Kerzen zeigte. Eva lächelte das Mädchen an, nahm die Kerze und sah sich noch etwas um. Die Tonwaren im Laden waren überraschend ansehnlich. Eva gefielen vor allem die bunten Schalen, Tassen, Teller, Aschenbecher und Vasen, die mit eleganten Mustern verziert waren. Vielleicht würde sich Mirjam auch über eine Tasse freuen? Eva entschied sich für die Kerze und eine der Tonwaren. Zufrieden verließ sie das Geschäft und spazierte weiter. Sie hielt nur einmal kurz an, um sich in einem Geschäft einen Apfel zu kaufen. Nach einer Stunde, in der sie einmal durch den Kern der Stadt gelaufen war und ihre Schuhe bereits begonnen hatten, die Feuchtigkeit durchzulassen, es hatte unterwegs zu regnen begonnen, fand sie einen kleinen Buchladen. Buchhandlung Swoboda, stand in verwitterten Buchstaben über einer Tür, die beim Öffnen ein leises Klingeln von sich gab, geschrieben. Der Duft alter und neuer Bücher erfüllte die Luft. Abgesehen von den Gedanken all der Bücher war es still wie in einer Bibliothek. Wobei, nicht ganz, denn es war keine erzwungene Stille, sondern eher eine befreiende Ruhe. Schwer einzuschätzen, wie viel Zeit sie in dieser Buchhandlung verbrachte, umgeben von Toten, die dank ihrem Talent lebendig geblieben waren. Die es geschafft hatten, sich in das kollektive Gedächtnis hineinzuschreiben. Vorsichtig zog sie ein Buch nach dem anderen aus dem Regal, blätterte es durch, roch unauffällig daran, atmete den Duft noch ungelesener Zeilen ein, bevor sie es wieder zurückstellte. Umgeben von hunderten von Büchern dachte sie nicht mehr über die Blicke der Anderen nach, überlegte nicht, ob sie deren Erwartungen erfüllte oder sie enttäuschte. Denn inmitten der unzähligen Geschichten war ihr klar, dass sie selbst klein und unwichtig war. Niemand sah sie abschätzig an. Niemand verurteilte sie. Nicht hier, umgeben von so viel größeren Geschichten, über die nachzudenken sich viel mehr lohnte.

Das leise Klingeln der Tür ertönte.

Hier drin ist Rauchen verboten, sagte eine Stimme vom hinteren Teil des Buchladens. Eva drehte sich um und sah gerade noch, wie ein Mann den Laden verließ. Sie schüttelte den Kopf und nahm ein anderes Buch aus dem Regal und blätterte darin.

Na, haben wir etwas gefunden?, wurde sie wenig später von einem älteren Herrn angesprochen.

Er erinnerte sie an den Mann aus dem Flugzeug, in dem Tweed-Anzug, obwohl er ihm nicht ähnlich sah. Doch er passte in diese Buchhandlung, so wie der Mann in dieses Flugzeug gepasst hatte. Er hatte eine angenehme Stimme und verströmte eine Herzlichkeit, die sie, da sie ja eine Fremde war, nicht einzuordnen wusste.

Ich schaue mich noch ein wenig um. Haben Sie auch Postkarten?

Er nickte und deutete in die gegenüberliegende Ecke des Ladens. Neben den Postkarten war auch ein Ständer mit verschiedenen Fachzeitschriften. Sie blätterte durch einige Magazine, thematisch reichten sie von Medizin und Gesundheitswesen über Naturwissenschaften bis hin zu Psychologie und Finanzen. Sie entschied sich für ein rotes Buch und mehrere Postkarten. Das Buch wollte sie als Tagebuch verwenden, denn Schreiben half ihr dabei, ihre Gedanken zu sortieren. Kurz vor dem Bezahlen schnappte sie sich spontan eine der Zeitschriften, ich weiß nicht mehr welche, und legte sie zu den anderen Sachen.

Eine ausgezeichnete Wahl, bestätigte der ältere Herr freundlich.

Eva erwiderte sein Lächeln. Es war keine außergewöhnliche Begegnung, vielleicht blieb sie genau deshalb unvergesslich.

Als sie wieder in der Wohnung war, verbrachte sie den restlichen Nachmittag damit, die Karten mit mehr oder weniger sinnlos aneinandergereihten Worten zu füllen. Es war so einfach, über Belangloses zu schreiben, jeden

Zentimeter der Karte zu füllen, ohne eigentlich ein Wort zu sagen. Wenn sie ehrlich war, massakrierte sie damit die Postkarten. Mit ihrem bedeutungslosen Schreiben, das weder den Lesenden noch der Schreibenden einen Mehrwert brachte, hatte sie das Gefühl, eine Pflicht zu erfüllen, aber sie empfand keine Freude dabei. Sie wusste, dass manche Gedanken nicht gedacht worden waren, um sie aufzuschreiben. Und sie wusste auch, dass sie genau das gerade tat. Dennoch schrieb sie beharrlich Zeile um Zeile, schwärmte vom Wetter und vom Essen, schrieb, wovon sie wusste, was erwartet wurde, aber eigentlich keinen Menschen interessierte.

Am Ende blieb noch eine Karte übrig. Darauf war ein Stillleben abgebildet. Das Original war wohl farbenfroher, doch auf der Postkarte war die Abbildung in Schwarzweiß gehalten, obwohl es sich dabei um Blumen handelte. Welche, wusste sie nicht, sie wusste nur, dass sie ihr gefielen. Sie überlegte, wollte die Karte nicht mit derselben Stumpfsinnigkeit verderben, stand auf, setzte sich wieder hin, den Stift schon bereit, legte ihn dann wieder weg, ohne ein Wort geschrieben zu haben, ging in der kleinen Wohnung auf und ab, schrieb in ihr neues Tagebuch, überlegte wieder. Sie aß den Apfel, er hatte bereits einige dunkle Stellen, weil sie ihn neben das Büchlein in die Tasche gesteckt hatte, aber das störte sie nicht. Dann setzte sie sich an den Tisch und schrieb eine Adresse auf die Karte, von der ich heute nicht mehr weiß, woher sie die eigentlich kannte. Wobei das Woher keine Rolle spielt. Das Wichtige ist, dass es sich um Aarons Adresse handelte. Nachdenklich ließ sie ihren Blick durch das Zimmer schweifen. Sie hatte

Angst davor, das erste Wort zu schreiben, sie spürte die Furcht, dass dieses Wort nicht gut genug sein würde. Es ist schon bemerkenswert, wie vielfältig die Ängste einer Person sein können. Manche Menschen verspüren Höhenangst oder Klaustrophobie, während andere Angst vor Spinnen oder anderen Kriechtieren haben. Wieder andere fürchten sich vor sozialen Situationen oder davor, alleine zu sein. Und Angst, egal wovor, jede Form von Angst beeinflusst das Selbst, befleckt die Seele auf eine ganz spezielle Art und Weise und schafft eine ganz eigene Wahrnehmung. Nur jemand, der eine solche Angst kennt, kann diese Situation, in der sie sich gerade befand, vielleicht verstehen. Und das war es, was sie wollte. Verstanden werden. Verständnis für die Angst vor dem, was geschehen war, für die Angst vor dem, was noch kommen würde, für die Angst davor, hören zu müssen, was sie nicht hören wollte, für die Angst davor, Erwartungen nicht erfüllen zu können und dafür verurteilt zu werden. Doch es würde kein Verständnis geben, würde sie jemandem von ihren Ängsten erzählen. Die Angst ging immer als Sieger aus diesem Zweikampf hervor, wie auch dieses Mal, als sie entschied, den einfachen Weg zu gehen. Sie lieh sich also Worte eines Menschen, der einerseits bereits erfolgreich gewesen und andererseits bereits tot war. Und über Tote soll man ja bekanntlich nicht schlecht sprechen. Sie schrieb also etwas über Bildung, gescheite Menschen und Reisen, der genaue Wortlaut ist mir entfallen. Sie betrachtete kurz, was sie geschrieben hatte, wahrscheinlich würde er es nicht verstehen, aber es war ein Zitat und deshalb war es gut. Besser als die anderen Karten.

Der restliche Sommer verlief ohne Zwischenfälle, die es wert wären, erwähnt zu werden. Als die Tage wieder kürzer und die Temperaturen kühler wurden, war sie überzeugt, genügend Distanz geschaffen zu haben. Es war an der Zeit, wieder ihre alte Normalität aufzunehmen. Sie vermisste ihre Heimat, auch wenn sie nachts manch grausige Erinnerung quälte, die sie damit verband. Trotzdem war es ihre Heimat. Sie konnte sie nicht leugnen, konnte sie nicht für immer verlassen und im Exil leben. Sie musste zurückkehren.

Am Abend vor ihrer Abreise saß sie in der Wohnung, allein. Sie sah sich die Nachrichten an, etwas, das sie gern tat, um sich klarzuwerden, dass so viel Schreckliches in der Welt passierte, das ihr eigenes Unglück dagegen klein und unscheinbar wirken ließ. Sie legte den Kopf schief und betrachtete das Bild, das dort gezeigt wurde, aufmerksamer. Die Buchhandlung, in der sie ihr Tagebuch gekauft hatte, war abgebrannt. Und der ältere Herr mit ihr. Sie schaltete den Fernseher aus und holte sich ein Glas Wasser. Die ganzen Bücher. All die Geschichten. Sie schluckte. All die verlorenen Geschichten.

Sie spazierte die vertrauten Gassen entlang, genoss den Geruch der Heimat, den sie Angst gehabt hatte zu vergessen. Doch da war er, unverkennbar. Jetzt, da sie ihn wieder riechen konnte, fand sie es lächerlich, zu glauben, ihn nicht erkennen zu können. Sie war froh, zu Hause zu sein. Nicht mehr den neuen Reizen ausgesetzt sein zu müssen, sondern einen Alltag zu haben. Einen Rhythmus, etwas Berechenbares. Es beruhigte sie. Sie ging weiter, betrachtete das Alte mit neuen Augen, als würde sie es zum ersten Mal sehen. Da war es, das Wohnhaus, das sie gesucht hatte. Sie blieb kurz stehen und blickte hoch zum Dachgeschoss. Es war so weit oben, dass sie den Kopf in den Nacken legen und mit einer Hand ihre Augen beschatten musste, um etwas zu erkennen. Ob sie sich über ihren Besuch freuen würde? Natürlich würde sie das. Sie klingelte.

Ja, hallo?

Hallo Mirjam, ich bin's.

Wer?

Eva, ich bin Eva.

Es summte und sie trat ein. Da es in dem alten Wohnhaus keinen Lift gab, brauchte sie eine Weile, bis sie ganz oben angekommen war. Sie atmete heftig, als sie vor der verschlossenen Wohnungstür stand. Eva zögerte kurz, dann hob sie eine Hand und klopfte an. In diesem Moment schwang die Tür auf und Mirjam stand da, ihre Präsenz strahlte eine gewisse Eleganz aus. Mit geradem Rücken und souveränem Auftreten nahm sie den Platz vor Eva auf eine Weise ein, die ihre Aufmerksamkeit fesselte.

Ich hab dich vermisst, sagte Eva und straffte die Schultern.

Mirjam lächelte und Eva zog sie in eine Umarmung. Sie genoss ihre Nähe, genoss ihren Herzschlag so nah an ihrem eigenen.

Gut siehst du aus, richtig erholt, sagte Mirjam und entzog sich sanft der Umarmung. Sie gingen in die geschmackvoll eingerichtete Wohnung. Neutrale Farben an der Wand, einfache Möbel und hier und dort eine bewusst platzierte Topfpflanze sorgten für eine zeitlose Eleganz.

Erzähl, wie war die Stadt der dichtenden Denker?, fragte sie Eva. Ach, aber wir brauchen doch etwas zum Anstoßen, deine Rückkehr muss doch gefeiert werden! Warte einen Moment, ich hol uns schnell was. Und eine Kleinigkeit zu essen, das auch. Magst du ein Glas Sekt? Ach, was rede ich, du trinkst ja keinen Alkohol. Lieber eine Tasse Tee? Oder einen starken Kaffee?

Eva nickte nur, setzte sich auf einen Stuhl in der Küche und wartete, bis Mirjam mit einem Glas Sekt, einer Tasse Tee und einigen Keksen, angerichtet auf einem hübschen Teller, wiederkam. Eva bedankte sich, bat um etwas Zucker und rührte um.

Also, sagte Mirjam, wie war dein Urlaub?

Schön war's. Ruhig vor allem. Weißt du, es war angenehm, mal keine Erwartungen erfüllen zu müssen.

Hast du immer noch Probleme damit? Ich hab dir doch schon so oft gesagt, dass dir das egal sein muss. Denk nicht so viel darüber nach, was die Anderen denken.

So einfach ist das nicht.

Warum nicht?

Weil ich weiß, dass meine Taten beeinflussen, wie die Anderen über mich denken. Es ist allein meine Schuld.

Ist es nicht, es liegt nur bei den Anderen und ist deren Problem.

Das sehe ich nicht so.

Das tut dir nicht gut, Eva, sagte sie. Du und deine Schuld.

Für Mirjam war es einfach. Denn sie hatte langes, blondes Haar und blaue Augen. Sie war eine Frau von außergewöhnlicher Schönheit und Charakterstärke. Ihre feinen Gesichtszüge zogen die Aufmerksamkeit eines jeden auf sich, egal ob Mann oder Frau. Wenn Mirjam sprach, hörten die Anderen zu. Sie neigte dazu, in allem das Gute zu sehen und überall eine Lösung zu erkennen. Das gefiel den Menschen und Mirjam wusste das. Wessen Erwartungen würde sie nicht erfüllen können? Diese Angst kannte sie nicht und konnte sie auch nicht verstehen. Vielleicht wechselte sie deshalb das Thema, denn sie erzählte Eva davon, dass sie wieder regelmäßig Sport machte und einen Töpferkurs belegt hatte.

Den Sport sieht man dir an, Eva lächelte, weißt du, ich habe mir auch überlegt, einen Selbstverteidigungskurs zu machen.

Gute Idee! Das wollte ich dir auch schon vorschlagen. Sieh doch, Mirjam zeigte auf die Tasse in Evas Hand, die habe ich selbst gemacht. Sieht gut aus, oder?

Eva nickte und nahm einen Schluck daraus, es war Pfefferminztee. Sie bevorzugte Früchtetee, doch sie beklagte sich nicht.

Da fällt mir ein, ich hab' dir etwas mitgebracht, sagte Eva.

Ach, was denn?

Eva holte die Duftkerze aus ihrer Tasche und gab sie Mirjam.

Die muss teuer gewesen sein, sagte Mirjam.

Eva lächelte nur. Gefällt sie dir? Es war die Empfehlung des Mädchens im Laden.

Ja, sehr! Lass sie uns gleich anzünden.

Mirjam suchte nach einem Feuerzeug, aber sie fand keines.

Hier, Eva hielt ihr eine Packung Streichhölzer entgegen.

Danke, meine Liebe, sagte Mirjam, zündete die Kerze

an und stellte sie auf den Tisch. Es war ein schöner Geruch nach Blättern mit einer blumigen Note. Das warme Licht der Kerze erzeugte sanfte Lichtspiele auf den umliegenden Gegenständen und betonte Mirjams Gesichtszüge. Ab und an zuckte die Flamme, ganz so als würde sie atmen. Als wäre sie ein weiterer Gast in Mirjams Wohnung. Eva mochte es, dass sie sich nicht anstrengen musste, um das Gespräch aufrechtzuerhalten. Es war einfach. Die Zeit verging, ohne dass Eva es wahrnahm.

Ach, es regnet wieder. In den letzten Tagen ist das Wetter echt unberechenbar, sagte Mirjam dann.

Eva sah durch das Fenster nach draußen, wo die Tropfen leise auf das Fensterbrett klopften. Wie hatte sie das nicht bemerken können? Sie griff nach ihrer Tasche, doch da war kein Schirm. Die Tatsache traf sie wie ein plötzlicher Stich. Gerade zwei Stunden zuvor hatte der Himmel keine Anzeichen von Wolken gezeigt. Ein tiefer Frust breitete sich in ihr aus. Sie biss die Zähne zusammen und ballte die Hände zu Fäusten. Sie musste aufpassen, musste versuchen, den Ärger zu kontrollieren. Warum war da kein verdammter Schirm? Sie hätte doch ihr Auto nehmen sollen.

Es ist schon spät geworden und es wird bald dunkel. Ich sollte langsam gehen.

Mirjam stand auf, holte einen Schlüssel und legte ihn vor Eva auf den Tisch.

Nimm mein Auto.

Sie lächelte Eva an, die auf dem Stuhl hin und her rutschte.

Bist du dir sicher? Brauchst du das Auto nicht selbst?

Ach was, ich komm schon klar. Ich kann eine Kollegin

anrufen und sie fragen, ob sie mich morgen ins Krankenhaus mitnehmen kann. Kein Problem.

Eva versuchte, den anschwellenden Ärger herunterzuschlucken. Sie sollte sich beeilen, wenn sie nicht wollte, dass Mirjam etwas davon mitbekam. Deshalb bedankte sie sich bei ihr, nahm den Schlüssel und verabschiedete sich.

In Mirjams Auto nahm sie ihr rotes Tagebuch aus der Tasche und begann zu schreiben.

Es kommt langsam. Man spürt es, wie es sich langsam von den Gedärmen über den Magen und die Speiseröhre bis in den Kopf hocharbeitet. Und dabei handelt es sich um ein immer stärker werdendes Gefühl, etwas, das viel mehr ist als bloßer Ärger.

Gefühle entstehen nicht im Kopf, sonst könnte man sie ja einfach mit Logik in Schach halten, oder es wenigstens versuchen. Gefühle entstehen dort, wo man sie am wenigsten erwartet, nur nicht dort, wo man noch die Möglichkeit hätte, sie unter Kontrolle zu bringen. Dies gilt sowohl für positive als auch für negative Empfindungen. Selbst die Folgen variieren. Im Fall positiver Emotionen manifestiert sich alles als eine Facette des Glücks. Freude macht glücklich. Liebe macht glücklich. Bestätigung macht glücklich. Doch die Reaktion auf Angst ist eine komplett andere als die auf Wut oder Schmerz. Schlechte Gefühle entstehen auch nicht dort, wo man normalerweise Glück oder Liebe verspürt, nein, sie entstehen dort, wo sich Magengeschwüre oder Nierensteine bilden. Denn dort sind sie in bester Gesellschaft. Doch bleiben sie dort nicht lange. Wie ein Krebsgeschwür breiten sie sich aus, die negativen Gefühle, sie haben einen unstillbaren Hunger und verzehren auf ihrem Weg zum Kopf alles, was sich ihnen in den Weg stellt. Kein Gedanke, keine Berührung kann dann noch helfen, bevor sie die Gelegenheit haben, sich auszubreiten und alles zu vergiften, was sich in ihrer Nähe befindet.

Frustration ist das für mich wohl schlimmste negative Gefühl. Denn bei Frustration gibt es keinen Grund, in eine so heftige Gefühlslage zu geraten. Das Verständnis, das man bei Wut oder Angst von Anderen oft erwarten kann, fällt bei der Frustration weg. Je unbedeutender die Angelegenheit ist und je rascher das Problem gelöst werden könnte, wenn man bloß um Hilfe fragen würde, desto größer wird das Geschwür. Es frisst sich durch den Magen, hinterlässt das heiße Gefühl von Frustration, gepaart mit Wut, Ungeduld und dem Bedürfnis, etwas zu zerstören. Wenn das Geschwür einmal dieses Stadium erreicht hat, dann bleibt einem nur mehr zu hoffen, dass es niemals den Kopf erreicht, denn dann kann man für nichts mehr garantieren. Dann hat die emotionale Seite gewonnen. Und wer weiß, wozu diese Seite fähig ist.

Sie hob den Stift vom Papier und atmete einmal tief durch. Ein leichter Geruch von Zigarettenrauch hing in der Luft, vermischt mit Mirjams Parfum. Traf sie sich wieder mit dem arroganten Typen aus der Arbeit? Sie hoffte nicht. Mit jedem Wort, das sie in ihr Tagebuch geschrieben hatte, verblasste die Frustration mehr und mehr. Schließlich war sie nur noch wie ein schwacher Nachhall in der Ferne zu spüren. Die Sonne stand schon tief und würde gleich untergehen. Dabei versuchte sie, die Dunkelheit zu meiden. Sie griff in ihre Tasche und suchte nach einer Tablette für den Magen. Es gelang ihr nicht gut, diesen

Vorsatz einzuhalten. Die Vorstellung von dunklen Gassen tat ihr Übriges, um ihr die Galle nach oben zu treiben. Sie startete den Motor und fuhr los. Sie wischte sich ihre verschwitzten Hände an der Hose ab und griff nach dem Lenkrad. Die Dunkelheit kroch wie ein finsteres Geheimnis aus den Schatten der Bäume auf sie zu, während in den düsteren Hauseingängen verborgene Gestalten lauerten. Die einst vertraute Umgebung verwandelte sich in einen ihrer Albträume und schuf eine Atmosphäre, die die Sinne schärfte und das Herz im Rhythmus einer unerklärlichen Anspannung schneller schlagen ließ. Sie sollte sich besser auf die Straße konzentrieren, es war nur Einbildung. Sie brauchte keine Angst zu haben. Angst existiert nur in deinem Kopf. Sie ist nicht real. Außerdem kannte sie die Strecke, sie war sie schon oft gefahren. Es war eine sichere Gegend. Sie drehte das Radio lauter und spürte die zu schnellen Rhythmen der Musik, die ihr nicht gefiel, bis in ihre Knochen. Die Lautstärke der Musik beruhigte sie, nahm der Welt etwas von ihrer harten Realität. Sie vergaß den Blinker zu setzen, bevor sie auf die Landstraße abbog, die durch ein kleines Stück Wald führte, und bemerkte den Polizisten am Straßenrand zu spät. Er trug eine Sonnenbrille, die das Scheinwerferlicht des Autos reflektierte, und ein rotes Glimmen in seinem Gesicht zeigte, dass er rauchte. Reflexartig reduzierte sie die Lautstärke der Musik und die Geschwindigkeit des Wagens. Der Polizist hob die Hand, ein Zeichen, dass sie stehen bleiben sollte. Also brachte sie das Auto neben dem Polizisten zum Stillstand, während Nervosität in ihr aufstieg. Wo hatte Mirjam die Fahrzeugpapiere verstaut? Die waren doch hoffentlich irgendwo im Auto, oder?

Lässig trat der Polizist an das Auto und bedeutete ihr mit einer Handbewegung das Fenster herunterzulassen, was sie nach kurzem Zögern auch tat. Er betrachtete sie, während er einen letzten Zug von der Zigarette nahm und sie dann am Boden austrat. Eva verzog das Gesicht.

Haben Sie etwas getrunken?

Nur Tee.

Er nickte langsam. Führerschein?

Sie versuchte, seine Augen hinter der dunklen, fast schwarzen Sonnenbrille zu erkennen. Dann schnallte sie sich ab, sie musste sich einigermaßen verrenken, um an ihre Tasche zu kommen, die sie auf den Rücksitz gelegt hatte.

Einen Augenblick, ich hab's gleich, rief sie über ihre Schulter.

Auf einmal wurde sie an den Hüften gepackt und grob aus dem Wagen gezerrt. Bevor sie die Möglichkeit hatte zu schreien, stopfte der Mann ihr gewaltsam ein Stück Stoff in den Mund. Sie schlug mit den Fäusten um sich, trat mit den Beinen nach dem Polizisten, bis sie schwarze Punkte vor ihren Augen tanzen sah. Das ekelhafte Stück Stoff in ihrem Mund stank entsetzlich.

Du kannst dich ruhig wehren, aber entkommen wirst du mir diesmal nicht, hauchte er ihr ins Ohr. Sein Atem roch wie verdorbenes Fleisch.

Mit einem Schlag fühlte sie sich zurückversetzt, spürte Erinnerungen wieder aufleben, die sie versucht hatte zu unterdrücken. Auch damals war er ihr zu nahe gekommen. So nahe, dass sie seinen Atem auf ihrer Haut hatte spüren und den Wahnsinn in seinen Augen hatte sehen können. Vermutlich trug er deshalb die Sonnenbrille.

Dieser Wahnsinn, der so tief in seinen Augen zu sitzen schien, hätte ihn nämlich verraten. Niemals wieder würde sie den Blick dieser Augen vergessen können. Ihr Aufenthalt fern von der Heimat hatte also nichts gebracht. Die physische Distanz hatte nichts verändert.

Diese Erkenntnis ließ ihr Herz heftig pochen, Schweiß trat ihr auf die Stirn und sie ballte die Hände zu Fäusten. Sie griff auf ihre letzten Kraftreserven zurück, von denen sie selbst nicht gewusst hatte, dass es sie überhaupt gab. Mit aller Kraft riss sie ihren Kopf nach hinten, in der Hoffnung, ihn am Kopf zu treffen. Jetzt war es gut, dass sie auf so viele Facetten von Angst zurückgreifen konnte, jede einzelne ließ sie eine individuelle Form von Horror verspüren, die sie in sich mobilisieren konnte. Horror war, wenn auch nur kurzzeitig und wenig nachhaltig, eine Waffe. Echter Horror lässt die Grenzen des Körpers verschwimmen und man findet eine nicht erwartete Stärke. Er schien nicht mit der Wucht ihrer Bewegung gerechnet zu haben, denn er schrie auf und sein Griff lockerte sich unmerklich, während in ihrem Hinterkopf ein greller Schmerz explodierte. Sie befreite sich und rannte los. Wohin? Sie wusste es nicht. Hektisch sah sie sich um. Der Wald. Ja. Dort konnte sie sich verstecken. Ja. In den Wald.

Würgend spuckte sie den Stofffetzen aus. Stolperte mehr, als dass sie rannte, über die Zweige auf dem weichen Boden. Versank zu tief im Moos, um schnell voranzukommen. Sie war dankbar, dass es bereits dunkel war, im Wald, und das Licht der Straßenlaterne nur spärlich durch die Bäume drang. So konnte er sie nicht so leicht erkennen. Sie hatte keine Ausdauer, ihre Muskeln brannten und sie hatte Angst, dass ihr Körper sie im Stich lassen würde. Er musste knapp hinter ihr sein. Sie hörte ihn atmen. Oder war es ihr eigener Atem, der in ihren Ohren widerhallte? Nein, es musste Eden sein. Er würde sie jeden Moment erreichen, sie von hinten packen und … Sie lief weiter. Sie spürte ihn, hinter sich, vernahm seine großen, schnellen Schritte auf dem weichen Waldboden. Trotz des stechenden Schmerzes in ihrem Kopf schleppte sie sich weiter. Da, ein großer Stamm. Hier konnte sie sich verstecken. Sie presste sich mit dem Rücken dagegen und lauschte. Nichts. Kein Knacken von Ästen, kein Rascheln von Kleidung. Nur ihr Atem, zu laut und verräterisch. Doch vielleicht stimmte das auch nicht, denn das Blut rauschte noch immer in ihren Ohren und machte es ihr schwer, sich auf die Geräusche in ihrer Umgebung zu konzentrieren. Sie schloss für einen Moment die Augen und betete zu einem Gott, an den sie nicht glaubte, dass Eden sie nicht finden würde. Sie atmete ein. Traute sich nicht auszuatmen. Ihre Hände zitterten nicht mehr so stark wie vorher, doch sie konnte ihr Herz noch immer in ihren Ohren klopfen hören.

Plötzlich legte sich eine Hand eisern auf ihren Mund und riss sie von dem Baumstumpf weg.

Du lässt dich ausnutzen, Eva.

Er redete mit ihr, als wäre sie ein Kind.

Du lernst es einfach nicht. Du kapierst es nicht. Warum kapierst du es denn nicht? Die Leute nehmen dich her, wollen alle ein Stück von dir, reißen dich auseinander, die elenden Miststücke. Und du wirst irgendwann dafür bezahlen.

Sie hasste ihn, hasste die Vulgarität seiner Sprache, die

über die reinen Worte hinausging und den Klang seiner Stimme einfärbte. Brutal drehte er sie zu sich herum und zwang sie, ihn anzusehen. Seine Hand legte sich um ihre Kehle und drückte gerade so weit zu, dass sie noch ein wenig Luft bekam. Die andere Hand nahm er jetzt von ihrem Mund und strich damit langsam über ihren Hals, hinunter über ihre Schultern, ihre Brüste. Sie schauderte.

Wie schön du bist. Schöner als alle anderen.

Er flüsterte nur.

Sie wand sich in seinem Griff. Wie war er so schnell bei ihr gewesen? Sie hatte ihn nicht gehört, es war doch still gewesen, oder? Er sah sie an. Sein Blick war lüstern und widerlich. Sie wollte ihn anspucken, doch sein Griff um ihre Kehle war zu fest. Sie merkte, wie ihre Kräfte schwanden. Die Angst war zwar noch da, sie saß tief in ihren Knochen, aber die daraus entstandenen Kräfte hatten sie so schnell verlassen, wie sie gekommen waren. Sie schloss die Augen. Ein kläglicher Versuch, die Gefahr weniger real erscheinen zu lassen. Denn sie war allein, mit ihrer Angst und ihm.

Sieh mich an, Eva.

Er nahm die Hand von ihrer Kehle und riss sich das Hemd auf. Sie zuckte zurück, in Erwartung eines Schlages, der nicht kam. Auf seiner Haut leuchtete eine lange, hässliche Narbe in einem hellen Rot.

Das hast du mir angetan. Weil du mir nicht zuhörst. Weil du mich ignorierst.

Er machte eine Pause, als würde er eine Antwort von ihr erwarten. Dann nickte er langsam.

Ja, Auge um Auge. Das ist gerecht.

Ihr Herz klopfte laut. Es klopfte zu regelmäßig,

gemessen an der Situation, in der sie sich befand. Als hätte er ihre Gedanken gelesen, legte er seine Hand erneut um ihre Kehle und drückte noch fester zu als zuvor. Sie war sich sicher, dass sie sterben würde.

Er schien es zu genießen, dass sie ihm ausgeliefert war. Er stieß sie gewaltsam zu Boden, als würde er sich vor ihr ekeln. Sie fiel auf den Rücken, prallte hart gegen eine Wurzel. Er stand bedrohlich über ihr, sah auf sie hinab. Wie groß er wirkte. Und wie klein sie sich fühlte.

Ich will dir nur helfen. Ich will dich sehen machen! Die Wahrheit, du musst die Wahrheit erkennen!

Panisch drehte sie sich um, versuchte, auf allen vieren zu fliehen. Doch er hatte sie schon an den Füßen gepackt und zog sie zurück. Zurück zu ihm. Ihr T-Shirt rutschte nach oben, die Äste am Waldboden kratzten über die nackte Haut ihres Bauches und ihrer Arme.

Was willst du von mir?, wollte sie schreien. Seine Nähe war abstoßend und sie wollte sich wehren, doch sie hatte keine Kraft mehr. Sie hasste sich und ihren schwachen Körper, der zu einem Gefängnis geworden war.

Dass du mich endlich wahrnimmst, sagte er, während er sie mit einem Handgriff umdrehte.

Er beugte sich zu ihr hinunter und streckte die Hand nach ihrem Gesicht aus. Entsetzt versuchte sie, irgendwie seiner Berührung zu entgehen, wand sich unter seinem Griff und wimmerte. Weg, sie wollte nur so weit wie möglich weg von ihm. Weg von dieser Hand. Eine Hand, die gleich erneut ihr Gesicht berühren würden. Nicht schon wieder, du ekelst mich an.

Sein Blick wurde wieder hart und er zog die Hand zurück.

Du hast mir wehgetan, sagte er, und du musst lernen, dass du das nicht tun sollst.

Sie sah den Schlag gar nicht kommen, so schnell hatte er ausgeholt und ihre Schläfe getroffen. Der metallische Geschmack von Blut füllte ihren Mund. Er ließ ihr keine Zeit zu schreien, da traf er sie am Brustkorb. Die Luft wich aus ihren Lungen, sie konnte nicht mehr schreien. Schützend hielt sie sich die Hände vor Gesicht und Oberkörper, versuchte sich dabei so klein wie möglich zu machen. Biete ihm so wenig Angriffsfläche wie möglich, Eva. Schütze deine Organe. Knochen heilen. Seine Hand grub sich in ihr Haar und er zwang sie erneut, ihn anzusehen. Sein Blick war wirr, aber es lag etwas wie Zärtlichkeit darin. Zärtlichkeit? Das konnte nicht sein. Sie würgte. Ich weiß nicht, woher sie den Mut in diesem Augenblick nahm, ihr Körper hätte doch vor Angst gelähmt sein müssen, aber sie holte tief Luft und spuckte ihm eine Mischung aus Blut und Speichel entgegen.

Lass mich in Ruhe!

Hatte sie es gesagt oder geschrien? Oder nur gedacht?

Er hob eine Hand, wischte sich über das Gesicht und grinste.

Das kann ich nicht. Wir gehören zusammen. Irgendwann wirst du es verstehen.

Sie sah nur noch ihre eigene Spiegelung in der dunklen Sonnenbrille, bevor er ausholte und alles um sie schwarz wurde. Sie musste ohnmächtig geworden sein, denn die Schmerzen hatten aufgehört und sie wurde von einer angenehmen Dunkelheit eingehüllt. Dort, wo keine Schwerkraft mehr herrschte und sie gleichmäßig ruhig vor sich hin schwebte. Sie hatte keine Kraft mehr, um ihre Augen zu öffnen, was sie nicht weiter störte. Alles, was sie wollte, war im tauben Nichts zu versinken, das sie alle Schmerzen vergessen ließ. Wenn sie niemals wieder aufwachte, war es ihr auch egal. Eigentlich wäre ihr ein Ende dieses miserablen Lebens ganz recht. Die ständige Angst, gemischt mit Schuldgefühlen, von denen sie oft nicht wusste, woher sie kamen, zehrte an ihren Nerven und an ihrem Willen weiterzumachen. Wenn sie ehrlich war, konnte sie die Vorteile des Sterbens nicht leugnen. Niemals wieder aufwachen zu müssen, war ein schöner Gedanke. Zumindest bis sich die Schuldgefühle wieder meldeten. Lästig waren sie. Nicht einmal über den Tod konnte sie in Ruhe nachdenken, ohne dabei an ihre eigenen Grenzen erinnert zu werden. Auf die unangenehmste Weise, die sie sich vorstellen konnte. Schuldgefühle, die sich wohl zwischen einem hässlichen Gelb und dreckigem Schwarz bewegen würden, hätten sie eine Farbe. Schuldgefühle waren der Grund, warum sie den Tod willkommen heißen wollte, aber gleichzeitig auch, warum sie genau das nicht tun konnte. Schuldgefühle hielten sie davon ab, egoistisch an sich zu denken und das zu tun, von dem sie überzeugt war, dass es das Beste für sie war. Aber das hatte sie nicht verdient. Was würden die anderen denken? Sie musste weitermachen, sie hatte keine Wahl. In diesem Moment war egal, was sie sich wünschte oder nicht wagte sich zu wünschen, in diesem Moment konnte sie nichts anderes tun, als in der Dunkelheit zu schweben, fern von Angst, Schuld und Verzweiflung. Die Distanz war eine Wohltat, sie wusste, dass die Angst, die Schuld und die Verzweiflung zwar da waren, sie waren ein Teil von ihr, aber in diesem

Moment störte sie die Anwesenheit dieser Gefühle nicht. Sie akzeptierte sie und hieß sie bei sich willkommen.

Dumpfe Geräusche störten ihren neu gefundenen Frieden. Sie glaubte, jemanden fluchen zu hören. Von einem Lebenswillen gepackt, der sie selbst überraschte, versuchte sie, die Augen zu öffnen, um zu sehen, ob sie Recht hatte. Doch so sehr sie sich auch bemühte, ihre Lider waren schwer wie Blei und ließen sich nicht heben. Wie ein Albtraum, von dem man weiß, dass es einer ist, und man versucht, sich selbst zu wecken. Sie blieb gefangen in ihrem Körper und ihrem Kopf. Hatte sie überhaupt noch Augen? Oder waren sie verschwunden? War sie noch da? Oder war sie schon fort? Es war, als besäße sie keinen Körper, als wäre sie schwerelos und würde doch von einem Sog nach unten gezogen werden.

Aber dann spürte sie doch etwas, eine zarte Berührung an ihrer Schulter, die ihr bisher entgangen war und die inzwischen heftiger geworden war. Das leichte Rütteln machte sie auf ihre Schultern aufmerksam, sie konnte sie wahrnehmen und sogar bewegen. Sie hatte Schultern, das bedeutete, sie hatte auch einen Körper!

Sie stöhnte benommen und wollte die Augen öffnen. Sie konnte nur undeutliche Umrisse erkennen. Eine Person kniete vor ihr. Sie versuchte sich zu bewegen. Fort, nur fort. Der Mann schien ihre Reaktion nicht bemerkt zu haben. Hatte sie sich überhaupt bewegt? Er murmelte etwas, das sie nicht verstand, dann streckte er die Arme aus und hob sie behutsam vom Boden auf. Obgleich sie merkte, wie sorgsam er darauf bedacht war, sie so vorsichtig wie möglich zu tragen, schoss ihr dennoch mit jedem Schritt, den er tat, ein stechender Schmerz durch den ganzen

Körper. Sie spürte etwas Nasses an ihren Wangen. Hatte sie etwa geweint? Unmöglich. Sie versuchte, etwas zu sagen. Doch sie fand ihre Stimme nicht. Mit einem Mal war sie überzeugt, dass ihre Stimme nie wieder zurückkommen würde. Dass sie sie nie wieder finden würde können.

Dieser Duft. Woher kannte sie ihn nur? Ihre Gedanken waren langsam und schwerfällig, ihre Zunge fühlte sich dick und geschwollen an. Unter enormer Anstrengung hob sie die Finger ihrer rechten Hand und legte sie an seine Brust. Sein Herzschlag war so stark, dass sie es allein mit ihren Fingerspitzen fühlen konnte. Vielleicht war es aber auch nur der Widerhall ihres eigenen Herzens, das noch immer schlug. Es schlug noch. Sie war noch nicht tot.

Ich kümmer mich um dich, du bist nicht allein.

Sie sank zurück in die Dunkelheit, die sie mit dem Versprechen auf erlösende Gefühllosigkeit erwartete.

Ich hörte sie nicht kommen. Ich hörte sie nie kommen. Sie bewegte sich in völliger Stille. Sie blieb in ihrer Annäherung völlig unnahbar, eine geisterhafte Präsenz, die durch die kleinsten Lücken schlüpfte und jeden Winkel meiner Umgebung infiltrierte und befleckte. Sie war wie ein Gas, das durch Löcher und Ritzen hindurchkroch und meine ganze Umgebung verseuchte. Ich konnte mich nicht wehren. Ich wollte es nicht einmal. Ich war so müde. Zu müde für jegliche Anstrengung, von der ich genau wusste, dass sie sinnlos war. Also ließ ich sie gewähren. Ich ließ sie jeden einzelnen Tropfen der Auflehnung gegen die Ungerechtigkeit, die ich empfand, aus mir herauspressen.

Von einer angenehmen Wärme umhüllt, lag sie in ihrem Bett und erinnerte sich nur undeutlich an einen seltsamen Traum. Zu seltsam, um ihn an dieser Stelle zu erzählen. Dabei war es nicht unbedingt ein schlechter Traum gewesen. Sie gähnte und wollte sich umdrehen, als sie ein Ziehen auf ihrem Handrücken spürte, und einen Druck, der sie daran hinderte, ihre Position zu ändern. Sie öffnete die Augen. Grüne Wände. Grün? Das passte nicht. Ein Fenster, wo eigentlich keines sein sollte. Ein großes, hölzernes Kreuz unter der Uhr, direkt an der Wand vor ihr. Außerdem war da ein gleichmäßiges und nervtötendes Piepsgeräusch. Nein, das hier war nicht ihr Schlafzimmer. Eine Nadel steckte in ihrer Hand und ein Schlauch führte zu einem Infusionsständer, der neben dem Bildschirm stand. Auch in ihrem Gesicht spürte sie etwas seltsam Fremdes. Sie hob die Hand, in der keine Nadel steckte, und war gerade im Begriff, ihr Gesicht abzutasten, um herauszufinden, ob sich das Zeug gefahrlos entfernen lassen würde, doch eine Stimme ließ sie innehalten.

Denk nicht mal dran.

Den dunklen Augenringen zufolge saß Mirjam wohl schon eine Weile neben ihr. Befand sie sich in einem Krankenhaus? Warum?

Was ist passiert?

Erinnerst du dich denn an gar nichts?

Eva schüttelte den Kopf.

Ich war bei dir daheim. Und dann … es hat geregnet und du hast mir dein Auto geliehen. Genau. Und dann … hab ich angehalten. Glaub ich.

Sie runzelte die Stirn. Doch warum hatte sie angehalten?

Da war etwas, sie konnte es ganz deutlich spüren. Es war irgendwo in ihrem Gedächtnis, sie konnte es spüren, aber dann doch nicht ganz. Sie war bei Mirjam gewesen. Sie hatte ihren Regenschirm vergessen und Mirjam hatte angeboten, ihr das Auto zu leihen. Sie hatte das Angebot angenommen. Und dann war da der Wald. Aber danach? Nichts.

Mirjam bedachte sie mit einem nachdenklichen Blick.

Du hattest einen Unfall, sagte sie. Das Auto ist ziemlich ... Du hast Glück, dass du den Baum nur gestreift hast. Und dass dich so schnell jemand gefunden hat. Er hat dich hierhergebracht. Du hast zwei gebrochene Rippen und einen Riss in der Milz. Aber du wirst wieder, sagen die Ärzte.

Eva blinzelte und sagte nichts. Sie? Einen Unfall? Das kam ihr seltsam vor. Sie konnte gut Auto fahren. Sie fuhr doch nicht gegen einen Baum. Und streifte auch keinen. Vor allem nicht, wenn sie ein fremdes Auto fuhr. Das Auto! Sie sah Mirjam an, die nicht so gelassen und elegant wie sonst aussah. War sie besorgt? Ihretwegen? Machte sie ihr Vorwürfe wegen des Autos? Ihre Freundin sah sie an. Es war das erste Mal, dass sie sich ihr nicht so nah fühlte wie sonst. Glaubte sie ihr etwa nicht? Dass es kein Unfall gewesen war? Sie würde Mirjam nicht anlügen, das wusste sie doch!

Weißt du, wer mich gefunden hat?

Jedes Wort schmerzte in ihrer Kehle.

Mirjam schüttelte den Kopf.

Eva schloss kurz die Augen, bevor sie ihren Blick wieder auf Mirjam richtete. Eva fiel auf, dass sie ihre Hände gewaltsam zu Fäusten geballt hatte. Ärgerte sie sich?

Nein; fühlte sie sich schuldig? Aber warum? Es war doch nicht ihre Schuld. Sie hatte doch ihr Auto zerstört.

Mirjam, es tut mir wirklich leid. Dein Auto … Ich kann mir das nicht erklären. Ich werd für den Schaden natürlich aufkommen.

Sei doch still. Das Auto ist egal. Dafür bin ich ja versichert. Ich bin nur froh, dass es dir gutgeht!

Sie nahm Evas Hand und sah sie bekümmert an. Hatte sie etwa Mitleid mit ihr? Sie wollte kein Mitleid. Aber es war wohl besser als Enttäuschung oder Wut.

Der Jahrmarkt kommt bald wieder in die Stadt. Wenn es dir bis dahin wieder besser geht, dann könnten wir wieder gemeinsam hingehen.

Offensichtlich wollte Mirjam sie auf andere Gedanken bringen, doch Eva hörte nicht zu. Ein kleiner Blumenstrauß, der auf dem Tischchen neben ihr stand, zog ihre Aufmerksamkeit auf sich. Stand er schon die ganze Zeit da?

Sie deutete mit dem Kinn in Richtung der Blumen.

Von wem sind die denn?

Mirjam hob die Schultern. Vielleicht von dem, der dich gefunden hat? Aber ich glaube, da ist eine Karte dabei.

Neugierig betrachtete sie die Blumen. Sie waren gelb. Narzissen? Nelken? Sie verströmten einen süßlichen Duft. Sie griff nach der kleinen Karte, die zwischen den Blüten steckte. Wer schenkte ihr Blumen? Oder waren sie gar nicht für sie? Sie zögerte kurz, faltete die Karte aber dennoch auseinander.

Wir gehören zusammen.

Du wirst die Wahrheit erkennen.

Sie las die zwei Zeilen, diese lächerlichen zwei Zeilen,

und dann sie erinnerte sich. An den Polizisten mit der Sonnenbrille, für die es bereits viel zu dunkel gewesen war, ja, man hätte es fast für eine Blindenbrille halten können, an ihre Flucht in den Wald, an die Schmerzen. Wie im Rausch las sie die Worte immer und immer wieder, sie tanzten vor ihrem inneren Auge, wirkten aggressiv und bedrohlich. Ihre Handflächen wurden feucht, als würde sie am Rande eines riesigen Abgrundes stehen, Sekunden davor, zu springen. Oder gestoßen zu werden.

Eva, sagte Mirjam, sie sah besorgt aus.

Warum war es plötzlich so heiß im Zimmer? Ihr Atem ging unregelmäßig und fühlte sich rau an, die Karte hatte sie so fest zusammengeknüllt, dass ihre Knöchel weiß hervorragten. Sie spürte bereits, wie es in ihren Fingerspitzen zu kribbeln begann. Noch ein paar Minuten und sie würde sich komplett verkrampfen, vielleicht nicht einmal mehr richtig sprechen können. Wie war das noch? Genau. In den Bauch atmen. Nicht mit dem Brustkorb. Eine Hand auf den Bauch legen. Die Luft rausdrücken. Genau. Noch einmal. Ganz ruhig. Es ist nicht real. Angst ist nur eine Illusion, sie existiert nicht. Sie ist nicht real. Einatmen. Sie ist nur in deinem Kopf. Ausatmen. Sie merkte, wie das Kribbeln schwächer wurde.

Eva?, fragte Mirjam erneut.

Sie sah auf, nahm ihre Hände von ihrem Bauch und lächelte.

Du siehst nicht gut aus.

Möglich, aber mir geht es gut.

Das glaub ich dir nicht, meine Liebe. Du bist ganz weiß im Gesicht.

Würde es dich beruhigen, wenn wir die Schwester rufen, damit die dir sagen kann, dass es mir gut geht?

Ich hab sie schon lange gerufen, da, es gibt da einen Knopf am Bett, sie sollte also jeden Moment kommen, sagte Mirjam.

Eva kniff die Augen zusammen, wie konnte sie das nicht bemerkt haben?, und tatsächlich, eine große Frau im grünen Kittel kam ins Zimmer.

Ah, sie ist aufgewacht.

Die Schwester hantierte an dem Infusionsbeutel herum und innerhalb weniger Augenblicke beruhigte sich Evas Atmung, ohne dass sie sich darauf konzentrieren musste. Ihre Gedanken wurden schwer. Sie war dankbar dafür, würde es aber nie zugeben. Und dann war sie weg. Weg von den grünen Wänden, dem piepsenden Geräusch, dem Kruzifix an der Wand, das sie zu verhöhnen schien, weg von Mirjam und der Krankenschwester. Weg von den gelben Nelken. Weg von der Karte. Hin in eine taube Dunkelheit, die sogar noch tröstlicher war als Mirjams Gesellschaft.

Es war schon hell, als sie wieder aufwachte. Vogelgezwitscher drang von draußen in ihr Zimmer. Noch immer waren die Wände grün, noch immer piepste es in derselben nervtötenden Gleichmäßigkeit, nur das Kreuz schien sie nicht mehr zu verhöhnen. Es schien ihr eher versöhnlich gesinnt zu sein. Dieses Mal war sie allein. Welcher Tag war überhaupt? Sie blickte aus dem Fenster, es war nicht geputzt und sah aus, als hätte ein Kind sein Gesicht gegen das Glas gepresst und so einen Fettfilm darauf hinterlassen. Dadurch war ein Teil der Baumkronen draußen verschwommen und unscharf, nur einen Teil konnte sie klar erkennen. Sie rieb sich die Augen. Nein, es war immer noch da. Der Schmutz war nicht auf ihren Augen, sondern auf dem Fenster. Sie spürte eine unangenehme Enge in ihrer Brust und wünschte sich Gesellschaft. Jemanden, der einfach nur redete, die Gedanken in ihrem Kopf verdrängte und mit anderen Worten ersetzte. Leichtigkeit, das war es, was sie sich eigentlich wünschte.

Sie überlegte. Wann hatte sie sich zuletzt so gefühlt? Es musste Jahre her sein. Ja, sie war fünfzehn, vielleicht sechzehn Jahre alt gewesen und Mirjam hatte sie auf eine Feier mitgenommen. Es waren viele Menschen dort gewesen, daran erinnerte sich Eva noch genau. Überall lagen Plastikbecher am Boden, auf einem Klapptisch standen Flaschen voll mit billigem Alkohol. Mirjam stellte Eva kurz vor und verschwand dann bald in der Menge. Eva blieb allein zurück. Sie stand in der Mitte des Raumes und hatte das Gefühl, dass sie alle beobachteten, jede ihrer Bewegungen verfolgten und nur darauf warteten, dass sie sich lächerlich machte. Sie begann zu schwitzen und befürchtete, dass sich dunkle Flecken unter ihren Armen bildeten. Eva fuhr sich durch die Haare, sahen sie fettig aus? Dachten die Anderen, dass sie sich die Haare nicht gewaschen hatte?

Ein Junge mit schönen dunklen Augen und Haaren in demselben Farbton kam zu ihr und lächelte sie an.

Gefällt dir die Feier?

Sie … ist ganz gut.

Soll ich dir etwas zum Trinken bringen?

Sie schüttelte den Kopf.

Schweigen. Eva wischte sich ihre feuchten Handflächen

an ihrer Hose ab. Sie musste etwas sagen. Sie öffnete gerade den Mund, als ein anderer Junge hinter ihm auftauchte und ihn von Eva wegzog.

War schön mit dir zu sprechen, sagte er noch, dann war er verschwunden.

Eva war wieder allein, sie knetete ihre Finger. Sie schob sich an den Rand des Raumes,erst als sie die Wand an ihrem Rücken spürte, konnte sie wieder durchatmen. Die Menschen um sie herum beachteten sie nicht, sie unterhielten sich, lachten und tanzten. Es sah so einfach aus. Warum fiel es ihr dann so schwer?

Da bist du ja!

Mirjam stand auf einmal vor ihr, in der Hand hielt sie zwei Plastikbecher.

Trink das, dann geht es dir besser, meine Liebe.

Eva nahm den Becher dankbar entgegen und nahm einen Schluck.

Tequila hilft immer.

Mirjam lachte.

Damit gesellte sie sich wieder zu den Anderen und Eva zögerte. Sie nahm noch zwei Züge aus dem Becher, ignorierte den unangenehmen Geschmack. Ihre Arme und Beine kribbelten und ihr Kopf fühlte sich mit einem Mal besonders leicht an. Sie lächelte.

Wir wurden vorhin unterbrochen.

Der Junge stand wieder vor ihr.

Das macht nichts, sagte Eva.

Möchtest du tanzen?

Eva kippte den Rest ihres Getränks hinunter, ließ den Becher fallen und nickte. Der Junge nahm sie an der Hand und begann mit ihr zu tanzen. Er kam ihr dabei nahe, näher als sie es eigentlich zugelassen hätte. Doch in diesem Moment genoss sie ihre eigene Leichtigkeit, genoss seinen Körper, der in ihr einen bittersüßen Schmerz auslöste. Sie tanzte, trank Tequila und tanzte wieder. Irgendwann tauchte Mirjam wieder vor ihr auf und sagte etwas, das Eva nicht verstand. Sie lachte und nahm Mirjam bei den Händen und begann mit ihr weiterzutanzen.

Küss mich!

Mirjam schrie ihr die Worte ins Ohr.

Was?

Du hast mich schon verstanden.

Eva sah Mirjam an, für einen Moment schien die Welt stillzustehen.

Küss mich.

Mirjam hielt Eva fest, sie hörte auf sich zu drehen. Der Raum drehte sich gleichwohl weiter. Ihre Leichtigkeit war verschwunden. Sie hatte Angst, den Mund zu öffnen. Sie nickte nur.

Lass uns gehen, sagte Mirjam.

Als Eva in dieser Nacht aufwachte, war sie schweißgebadet. Ihr Nachthemd klebte an ihrem Körper. Wann hatte sie sich umgezogen? Sie schlug die Bettdecke zurück und öffnete ein Fenster. Die frische Luft tat ihr gut. Ihr Kopf pochte, ihr war unwohl und sie hatte Durst. Gierig trank sie erst ein Glas Wasser, dann noch eins. Davon wurde ihr schlecht. Sie stellte sich wieder an das Fenster und spürte eine Enge in der Brust, die nichts mit dem Alkohol zu tun hatte. Die Luft war nicht genug, ihr war heiß, so heiß. Sie presste ihre Wange gegen die Scheibe, das half. Sie schloss die Augen, Erinnerungen an den vergangenen Abend tauchten in ihrem Geist auf.

Da war ein Junge mit braunen Augen, wie hieß er noch?, er lächelte sie an.

Nein, er lacht dich aus. Er findet dich lächerlich. Sieh ihn dir doch an! Und Mirjam würde sich niemals für dich interessieren. Sie amüsiert sich bloß.

Eva schüttelte den Kopf. Das stimmt nicht!

Nein, er wollte sich unterhalten. Und du hast es ihm leicht gemacht. So wie Mirjam.

Nein, ich hatte Spaß!

Hattest du Spaß oder redest du dir das nur ein, weil dir der Alkohol die Sinne vernebelt hat?

Ich, das war alles ich.

Die Stimme schwieg. War das wirklich alles sie gewesen? Alles, was sie gesagt und getan hatte, war das von ihr gekommen oder hatte der Alkohol sie verändert? Eva fiel das Atmen immer schwerer. Sie riss die Augen auf, wollte, dass die Erinnerungen verschwanden, und wünschte sich, dass sie den Alkohol nicht mehr so deutlich in ihrem Körper spürte. Sie trat vom Fenster zurück, vielleicht aus Angst vor sich selbst, konnte den Blick aber nicht abwenden. Sie betrachtete den fettigen Abdruck, den sie dort hinterlassen hatte, betrachtete ihn, bis sie nichts anderes mehr wahrnahm. Sie schämte sich.

Eva schüttelte den Kopf und wandte sich von dem dreckigen Fenster im Krankenhauszimmer ab. Für einen Moment wurde ihre Atmung schneller und das Piepsen beschleunigte gleichermaßen. Sie hielt sich eine Hand vor den Mund und konzentrierte sich darauf, in den Bauch zu atmen. Die Karte war nicht von Eden. Wo war die überhaupt? Als sich ihre Atmung wieder beruhigt hatte, griff sie entschlossen nach der Postkarte. Angst ist nicht real, sie ist nur in deinem Kopf. Und du kannst kontrollieren, was in deinem Kopf passiert. Bevor sie die Karte umdrehte, betrachtete sie das Bild. Violette Schwertlilien. Nein, sie waren blau. Sie fand sie nicht besonders hübsch, sie erinnerten sie an alte japanische Holzschnitte. Während sie das Bild betrachtete, hörte sie, wie das Piepsen sich verlangsamte. Ein blumiger Duft stieg ihr in die Nase. Sie sah sich um. Nein, hier waren keine Blumen. Sie schüttelte den Kopf und drehte die Karte um. Eine gleichmäßige Handschrift, gerade und klar, war auf der Rückseite zu sehen. Ich hoffe, das war nicht die Art von Bildung, die du gesucht hast, stand da. Und ein Genesungswunsch. Unterzeichnet, Aaron.

Sie lächelte. Konnte gar nicht anders als zu lächeln. Ihre Karte, die sie im Sommer geschickt hatte, war offensichtlich angekommen. Hätte sie Stift und Papier und nur einen Funken Talent für Lyrik gehabt, hätte sie wohl in diesem Moment ein Gedicht verfasst. Auf einmal ein Geräusch. Hatte es geklopft? Sie war sich nicht sicher. Noch einmal. Sie warf einen Blick auf die Uhr an der Wand, empfand das Kruzifix mittlerweile als tröstlich, es war erst halb sieben Uhr in der Früh. Noch einmal das Geräusch, jetzt war sie sich sicher, es hatte geklopft. Sie fühlte sich gehetzt. Wer kam um diese Zeit ins Krankenhaus?

Die Tür öffnete sich leise und sie sah auf. Er sah noch besser aus als in ihrer Erinnerung. Er hatte schöne, intelligente Augen, ein sanftes Gesicht und einen kräftigen Körper, der wohl von der Arbeit kam, die er machte. Genau kann ich mich nicht mehr an die Bezeichnung erinnern, aber jedenfalls war es diese Art von Arbeit, die einen schneller altern lässt als normal. Dunkle Haarsträhnen, die an der Seite etwas kürzer waren, umrahmten sein Gesicht und verliehen ihm etwas Geheimnisvolles. Dabei wusste sie ansonsten nicht besonders viel über ihn, außer dass sein Name sich in ihren Ohren so gut anhörte wie kein anderer zuvor.

Guten Morgen. Wie geht's dir?, fragte Aaron mit seiner weichen, tiefen Stimme.

Es ging mir nie besser, antwortete sie und lächelte. Es entsprach der Wahrheit.

Aaron kam näher und trat an ihr Bett. Er kam ihr damals so unglaublich groß vor, viel größer als sie ihn in Erinnerung hatte. Und doch konnte sie die Reaktion ihres Körpers auf seine bloße Anwesenheit nicht leugnen. Geschweige denn verstecken. Aaron streckte die Hand aus und berührte sanft die Stelle an ihrer Wange, wo sich vermutlich noch Spuren des Unfalls abzeichneten. Die bloße Berührung seiner Fingerspitzen auf ihrer Haut löste einen Schauer aus, als ob in ihrem Körper Strom freigesetzt worden wäre. Jeder Nerv schien unter seiner Berührung zu erwachen. Einen Moment sagte niemand etwas, dann runzelte sie die Stirn. Aaron war so nahe, dass sie seinen Duft wahrnehmen konnte. Es war derselbe, den sie gerade eben zu riechen geglaubt hatte. Eine Parfumnote, die sie noch nie gerochen hatte. Doch, hatte sie! Sie sah Aaron mit großen Augen an.

Du hast mich gefunden.

Dieser Duft, sie hatte ihn in der Nacht gerochen, im Wald. Nachdem Eden verschwunden war. Aaron nickte langsam. Er sah so aus, als wäre er weit weg. Als würde er durch sie hindurchsehen.

Du hast da gelegen, neben dem Auto, und warst bewusstlos. Er stockte. Ich dachte schon, du bist tot.

Er schluckte schwer und schüttelte den Kopf. Der Moment war vorüber. Die Verletzlichkeit, war es denn Verletzlichkeit gewesen?, verschwand aus seinem Gesicht. Sein Mund verzog sich, er lächelte, doch es erreichte seine Augen nicht. Er zog die Hand, die noch immer an ihrer Wange gelegen hatte, weg und ließ nur ein leichtes Kribbeln auf ihrer brennenden Haut zurück.

Was hast du eigentlich um diese Uhrzeit da gemacht?, fragte sie.

Ein plötzlicher Impuls, mehr nicht. Aber etwas fühlte sich komisch an. Aarons Blick ließ sich nicht deuten, was sie ärgerte, bevor er antwortete. Weißt du nicht mehr? Du hast mich angerufen. Ich musste noch etwas von einem Lieferant abholen und war gerade unterwegs heim.

Sie runzelte die Stirn. Hatte sie ihn angerufen? Daran würde sie sich doch erinnern. Oder? Vielleicht.

Ich weiß nicht, was passiert ist. Ich kann mich nicht erinnern.

Jetzt log sie zum ersten Mal.

Aaron sah sie an, er wirkte traurig.

Tut mir leid, dass ich dich da reingezogen habe, beeilte sie sich zu sagen.

Aaron betrachtete sie lange.

Aber warum denn? Ist doch nicht deine Schuld. Es war Glück, dass ich dich so schnell gefunden habe. Dass du mich angerufen hast.

Hatte sie das denn? Aaron wirkte so überzeugt. Jetzt lächelte er. Dabei zeigte sich sein Grübchen auf der Wange.

Was schreibst du da? Er deutete mit dem Kinn auf das rote Buch, das neben ihr auf dem Tisch lag.

Sie runzelte die Stirn.

Nichts, murmelte sie, zumindest nichts Wichtiges.

Er sah sie skeptisch an und machte Anstalten, danach zu greifen. Aber sie war schneller. Bei Gelegenheit zeige ich es dir, sagte sie und stopfte das Tagebuch unter ihr Kopfkissen. Er war sichtlich unzufrieden.

Versprochen?

Versprochen.

Aaron warf einen Blick auf die Uhr. Ich muss los, in die Arbeit. Ich wollte nur sichergehen, dass es dir gut geht.

Er war im Begriff, sich umzudrehen, doch einem Impuls folgend griff sie nach seinem Arm. Er war warm, kräftig und bildete einen Kontrast zu ihren eiskalten Fingern. Seine Haut war weich und glatt. Fragend drehte er sich um und sah sie an.

Danke für die Karte, war alles, was ihr einfiel.

Einen Augenblick glaubte sie, dass er sie küssen würde. Er beugte sich zu ihr, hob die Hand und strich ihr eine Strähne aus dem Gesicht.

Gern geschehen, erwiderte er und sah ihr dabei direkt in die Augen.

Sie konnte ihn nur anstarren, dieses attraktive Gesicht, das ihr auf so eigenartige Weise vertraut schien. Aaron sah sie nur stumm an, sie konnte seinen Blick nicht deuten. Vielleicht lag es an den Schmerzmitteln, vielleicht aber auch nur an der Leere, die plötzlich in ihrem Kopf herrschte. Keine Gedanken. Stille. Wie angenehm. Zu früh richtete sich Aaron wieder auf und ging aus dem Zimmer. Nur ein schwacher, blumiger Duft hing noch im Raum, wie eine Erinnerung, die langsam verblasste, und mit ihr alle Indizien, dass er jemals hier gewesen war. Sie war wieder allein. Sie und ihre Gedanken, die den leeren Raum nutzten, um sich wieder auszubreiten.

In tiefem, schillerndem Rot, das gleichermaßen wunderschön wie abstoßend ist, leuchten die Tropfen auf dem im Kontrast grell wirkenden Weiß des Tuches. Immer weiter frisst sich das Rot in das Tuch und benetzt immer mehr Fasern, deren blasse Fäden es in sich aufnehmen. Nicht nur äußerlich. Auch innen, inmitten einer Höhle aus Fäden, wird es dunkel und feucht und schwer. Das Rot verändert sie. Sie verlieren alles, was sie einst ausgemacht hat. Ihre Farbe, ihren trockenen, weichen Zustand, ihren Charakter. Es scheint eine Symbiose zwischen dem Rot und dem Weiß zu sein. Sollte man meinen. Was aber, wenn man bedenkt, dass es in der Natur der Dinge liegt, dass das Weiß niemals über das Rot triumphieren kann? Weiß ist schwach und zerbrechlich, schnell befleckt und unbrauchbar. Das Rot hingegen ist stark und breitet sich aus wie eine Krankheit. Es ist also unvermeidlich, dass das Weiß dem Rot unterliegt. Es bleibt ihm keine andere Wahl, als sich selbst und alles, was es ausmacht, gegen etwas Dunkles und Fremdes einzutauschen. Es wird nicht gefragt. Und wenn man das versteht, wenn man es wahrhaftig versteht, wäre es dann nicht vernünftig und gut, dass man, und sei es auch nur ein winziges bisschen, Verständnis dafür aufbringt?

Es war jetzt einige Tage her, dass Aaron sie im Krankenhaus besucht hatte. Mirjam besuchte sie regelmäßig, so hatte sie jeden Tag wenigstens eine Stunde, in der sie mit ihren Gedanken nicht allein war. Trotzdem wusste sie bald nichts mehr mit sich anzufangen. Auch ihr Tagebuch schien von ihren immer gleichen Gedanken genug zu haben. Also könnt ihr euch ihre Erleichterung vorstellen, als sie dann nach einer Woche endlich entlassen wurde. Die Ärzte meinten, dass ihre Rippen noch eine Weile schmerzen würden, aber ansonsten konnte sie sich ohne Weiteres zu Hause auskurieren. Das kleine Haus, das sie geerbt hatte und das zu erhalten sie sich leisten konnte, erwartete sie wie gewohnt in einsamem Zustand. Ihr Haus war nicht in der Stadt, die Gegend war ruhig, die Nachbarn grüßten einander, aber es waren keine tiefen Freundschaften. Als sie die Tür öffnete, erwartete sie der Geruch von abgestandener Luft. An den Wänden im Eingangsbereich hingen einige gerahmte Fotos, Erinnerungen an vergangene Tage. Allein das Bild, auf dem sie gemeinsam mit ihrem Vater auf dem Gipfel eines Berges zu sehen war, fehlte. Es war vor einer Weile heruntergefallen und das Glas war gebrochen. Man konnte noch genau erkennen, wo es einst gehangen hatte. Im Wohnzimmer gab es ein Sofa und eine Leseecke neben dem Fenster. Manchmal glaubte sie noch die dunklen Spuren an den Wänden zu erkennen, doch sie hatten so oft darüber gestrichen, dass es nur ihrer Einbildung entspringen konnte. Warmes Sonnenlicht drang durch die Vorhänge und malte Muster auf den Boden. Ein Holzofen war die einzige Heizung, die sie hatte. Sie hätte ihn zwar ersetzen können, aber sie genoss an kalten Tagen das Knistern des Feuers.

Mirjam musste wohl ein- oder zweimal vorbeigekommen sein, denn die Blumen waren gegossen und im

Kühlschrank war frische Milch, ein paar Tomaten und eine Packung Orangensaft. Ihre Küche war einfach und funktional, aber mit allem ausgestattet, was sie benötigte. Ein Esstisch stand in der Nähe des Fensters, durch welches man in den Garten hinter dem Haus sehen konnte. Eva hatte noch nie an diesem Tisch gegessen, sie ging dazu immer ins Wohnzimmer. Eine Treppe führte hinauf zum Schlafzimmer und dem Bad, deren rustikaler Charme von hölzernen Balken und einfachen Möbeln geprägt war. Eva lächelte. Seit sie ihren Job im Museum aufgegeben hatte, füllte sie ihren Alltag mit Arbeit im Garten und ihrem Schreiben. Das Geld spielte dabei weniger eine Rolle, eher war es die tägliche Bestätigung, die ihr fehlte. Die Tage ähnelten sich auf quälende Art und Weise und das machte ihr zu schaffen. Eine willkommene Abwechslung und eine Aussicht auf Ablenkung, so kam es ihr damals vor, bot der Jahrmarkt, der jedes Jahr im Herbst in die Stadt kam. Mirjam wollte mit Eva hingehen, wie jedes Jahr. Dort gab es Stände mit Getränken, ein Autodrom und ein Karussell, Schießbuden und was sonst noch alles dazu gehörte. Allein hatte sie nie das Gefühl gehabt, dort hineinzupassen, aber mit Mirjam war es anders. Mit ihr konnte sie den Moment genießen. Ohne Reue.

Gerade saß sie auf ihrem Bett, ihr Tagebuch auf den Beinen und einen Stift in der Hand. Seit sie wieder zu Hause war, verspürte sie eine tiefe innere Unruhe. Es fiel ihr schwer, sich zu konzentrieren. Sie brach jede Aktivität innerhalb weniger Minuten ab, nur um eine halbe Stunde später wieder von vorne zu beginnen. Sie konnte sich selbst nicht mehr ausstehen. Da war sie wieder, die

Frustration. Jede Sekunde, in der sie allein mit sich selbst war, wurde zur Qual. Einen Moment konnte sie sich über die Sonne, die durch die beiden geöffneten Fenster in das Zimmer schien, freuen, glaubte noch nie etwas Schöneres gesehen zu haben, und dann verdunkelte eine Wolke nicht nur die Sonne, sondern auch ihre Gedanken und sie glaubte, nie wieder froh sein zu können, denn mit dem Schatten kam auch Dunkelheit, die alles Gute zu verschlingen schien. Vielleicht lag es auch an den unvermeidbaren Gedanken an Aaron, von dem sie nichts mehr gehört hatte. War sie ihm lästig geworden? Oder hatte er einfach viel zu tun? Da saß sie also, auf ihrem Bett, erfüllt von einer inneren Unruhe, das Atmen wurde zu einem Kraftakt. Sie packte den Stift fester und begann zu schreiben.

Das Schwierigste ist es, nichts zu tun.

Und ich spreche nicht davon, sich aktiv vor etwas zu drücken, um stattdessen lieber nichts zu tun. Dann würde das Nichtstun wieder zu einem Tun. Es würde sich in etwas aktiv Vermeidendes verwandeln, in eine Handlung, die daraus entspringt, etwas anderes nicht tun zu müssen. Doch das meine ich nicht. Genauso wenig, wie ich die darin zu vermutende Verweigerung meine. Die Verweigerung zu tun, was man tun sollte. Ich meine nicht die Aufschiebung oder Vermeidung, also eine wahrhafte, bewusste Entscheidung dagegen, die man aus vollster Überzeugung trifft. Ja, diese Überzeugung, so könnte man es bezeichnen, ist der Antrieb der Verweigerung des Tuns. Das Nichtstun ist lediglich die Folge daraus. Der Kern dieser Verweigerung liegt in der bewussten Entscheidung, sich zu widersetzen, und nicht darin, etwas schlicht zu unterlassen. Das Nichtstun, das ich meine, findet seine gesamte Sinnhaftigkeit darin, etwas nicht zu tun. Wahrscheinlich möchte man es unbedingt tun, mit jeder Faser seines Körpers. Vielleicht, weil man denkt, es wäre gut. Vielleicht, weil man denkt, es wäre hilfreich. Ehrenhaft. Doch dann wird man gebeten, es nicht zu tun. Einfach nichts zu tun. Obwohl man doch so genau weiß, was besser wäre. Wie man helfen könnte. Aber man soll nicht. Doch man würde so gerne. Vielleicht wäre es besser, wenn man doch helfen würde. Wenn man die Bitte also einfach ignorierte, um zu tun, wovon man überzeugt ist, was das Beste ist. Ja, am Ende würde man erkennen, dass man von Anfang an Recht gehabt hatte und dass es gut gewesen war, getan zu haben, was getan worden war. Ja, am Ende würde man die Initiative anerkennen.

Oder?

Mit solchen Gedanken motiviert man sich. Man glaubt zu wissen, was das Beste ist. Man glaubt zu wissen, was zu tun ist. Man ist sich sogar sicher, besser zu wissen, besser zu können, besser zu sein, als jemand in besagter Situation. Sind dies nur Illusionen? Es gibt Momente, die diesen Gedanken bestätigen. Momente, die beweisen, dass es rechtens war für jemanden, sich einzumischen. Doch schwebt darüber ein großes Was-wäre-wenn.

Was-wäre-wenn es auch ohne das Zutun von jemand anderem funktioniert hätte? Was-wäre-wenn wir durch unser Eingreifen jemandem die Möglichkeit zur Erweiterung des Selbstbewusstsein genommen hätten? Was-wäre-wenn es für jemanden essentiell gewesen wäre, es allein zu schaffen?

Es ist unmöglich zu sagen. Wir wissen nicht, was gewesen wäre, wenn wir uns nicht eingemischt hätten. Wir wissen nicht, ob wir jemandem die Chance der Selbstreflexion und der Übernahme von Eigenverantwortung einfach genommen haben. Durch unser, seien wir ehrlich, egoistisches Handeln. Es ist das Fehlen von Falsifizierbarkeit, das uns unruhig werden lässt und davon zeugt, wie selbstzentriert wir eigentlich sind. Allein die Tatsache, sich selbst anzumaßen, etwas besser zu wissen, besser zu können, besser zu sein, zeugt von unserem tief verankerten Drang nach Anerkennung und von unleugbarem Narzissmus. Hilfe beinhaltet immer auch den Wunsch nach Würdigung und Respekt. Im Grunde ist es immer eine stark egoistisch motivierte Handlung, so gut vielleicht in unserem Bewusstsein die Absicht gewesen sein mag. Unterstützung verleiht vor allem dem Unterstützenden ein positives Gefühl. Großzügigkeit erfreut vor allem denjenigen, der großzügig ist. Freundlichkeit verschafft vor allem dem, der freundlich ist, inneren Frieden.

Also ist ein Akt des Nichtstuns, des Unterlassens einer egoistisch motivierten, vielleicht gut gemeinten Handlung, der größte und gleichzeitig am schwierigsten zu erbringende Beweis von Selbstlosigkeit. Etwas nicht zu tun, erfordert es, sein Unterbewusstsein bewusst zu verneinen, bewusst zu wissen, dass der eigene Trieb nach Anerkennung, Respekt und Bewunderung hier nicht von Nutzen sein kann. Dass man diese Eigenschaften zugunsten von nichts ignoriert. Persönlich zieht man aus dieser Art des Nichtstuns keinen Vorteil. Geduld ist eine Tugend, mit der nur sehr wenige Menschen gesegnet sind. Abwarten ist die schlimmste Folter. Zusehen kann die Hölle bedeuten. Und doch ist es manchmal genau das, was ein Mensch braucht. Jemanden, der weiß, er könnte helfen, er könnte es besser machen, besser sein, der jedoch selbstlos genug ist, um abzuwarten. Und mit dem Was-wäre-wenn leben kann.

Sie hatte das letzte Wort noch nicht ganz geschrieben, als ihr Handy aufleuchtete. Ein schneller Blick auf das Display ließ ihren Magen flau werden und ihre Fingerspitzen kribbeln. In Momenten wie diesen war sie überzeugt, dass ihr Leben nicht real war. Dass der Verlauf ihres Lebens fremdgesteuert wurde, wie der Verlauf einer schlechten Geschichte. Und sie war nur ein Charakter, der dem Willen des Verfassers ausgeliefert war und schlecht geschriebene Szenen ertragen musste, um nicht ganz aus dem Roman gestrichen zu werden. So konnte sie sich die Zufälle, die sie manchmal ereilten, erklären.

Wie immer, wenn sie aufgeregt war, zog sich die Wärme aus ihren Gliedmaßen zurück und schien sich an ungewöhnlichen Orten ihres Körpers zu sammeln. Sie nutzte das kühle Ende des Stiftes, mit dem sie gerade noch geschrieben hatte, um ihren brennenden Wangen eine peinigende, aber gleichzeitig wohltuende Abkühlung zu verschaffen. Sie seufzte resignierend über die scheinbar unkontrollierbaren Reaktionen ihres Körpers und griff mit kalten Fingern nach dem Telefon.

Na, wie geht's dir?

Sie zögerte. Unsicher, ob sie sofort antworten oder lieber etwas Zeit verstreichen lassen sollte. Es soll ja nicht aussehen, als hätte sie verzweifelt auf eine Nachricht gewartet. Diese Gedanken sind mir heute peinlich. Doch ich erzähle euch diese Geschichte ja mit einem Anspruch auf Ehrlichkeit, deshalb möchte ich es euch nicht vorenthalten, wie ich mich damals gefühlt habe. Jetzt schäme ich mich für diese lächerliche Reaktion, auch wenn Ayla meint, dass ich das nicht brauche. Also wartete sie eine Stunde, oder waren es zwei?, bevor sie ihm antwortete.

Danke gut und dir?

Seine Antwort kam schnell, er spielte bei ihrem Spiel offensichtlich nicht mit.

Ich möchte dich wiedersehen.

Schon wieder waren ihre Finger kalt und ihre Wangen heiß.

Aaron wollte sie wiedersehen.

Die nächsten Tage vergingen langsam. Aber die Unruhe hatte Eva verlassen, ja, es ging ihr gut. Am Sonntag klingelte es dann an der Tür. Mirjam lehnte an ihrem Auto und hielt das Gesicht in die untergehende Sonne. Als Eva sie begrüßte, drehte sie sich zu ihr um.

Deine Bluse gefällt mir! Ist die neu? Ich habe mir vor einiger Zeit eine gekauft, die ein wenig so aussieht wie deine. Sie war zwar teuer, aber das Geld wert. Ich könnte sie dir leihen, wenn du magst, sagte Mirjam und lächelte Eva an.

Ja, gern.

Eva war im Begriff einzusteigen, da deutete Mirjam auf das Auto.

Ist gut geworden, oder? Keine Spuren mehr vom Unfall zu sehen. Ich habe es gerade aus der Werkstatt geholt.

Mirjams Freude über das Ergebnis sollte kein Vorwurf

sein, dennoch verkrampfte sich etwas in Evas Magen. Sie griff nach ihrer Tasche. Wo waren die Tabletten?

Komm, lass uns fahren, sagte Mirjam und war bereits eingestiegen.

Eva nickte und setzte sich ins Auto, wobei sie Mirjam betrachtete. Sie sah ausgesprochen gut aus. Durfte sie ihr das sagen? Sie wusste es sowieso. Vielleicht war da eine Spur von Eifersucht in ihren Gedanken. Sie musste sich immer anstrengen, um mit Mirjam mithalten zu können. Doch das war nicht schlimm. Solange aus ihrer Eifersucht keine Missgunst wurde und sie versuchte, Mirjam auf ihr Niveau herunterzuziehen, war es gut. Mirjam war der Grund, warum sie nicht stagnierte, warum sie sich bewegte. Und solange sie sich bewegte, war sie am Leben und konnte vielleicht einmal auf derselben Stufe stehen. Gemeinsam mit Mirjam.

Was hältst du davon?

Mirjam sah sie an, sie schien sich bewusst zu sein, dass Eva ihr nicht zugehört hatte. Sie waren inzwischen am Rummelplatz angekommen und ausgestiegen. Ein Hauch von Geheimnis und Spannung lag in der Luft, während die Stände in unregelmäßiger Anordnung auftauchten. Die Geräusche waren gedämpft, fröhliches Kinderlachen und Ausrufe der Verkäufer wirkten wie Echos in der beginnenden Dämmerung. Der Duft von gebrannten Mandeln, frittiertem Teig und anderen Köstlichkeiten erfüllte die Luft um sie herum und vermengte sich mit den Erwartungen der Besucher. Der Rummelplatz strahlte eine fremde Phantastik aus, als versuchte er, die Besucher in ein mysteriöses Abenteuer zu locken.

Was hast du gesagt?

Vermutlich hatte sie ihre Frage wiederholt, aber ich kann euch nicht mehr sagen, worum es ging, es macht auch keinen Unterschied.

Eva sah sich um und bemerkte, dass Mirjam die Aufmerksamkeit der Menschen um sie herum auf sich zog. Wenn Mirjam sich dessen bewusst war, ließ sie es sich nicht anmerken. Eva genoss die Anwesenheit von Mirjam und die mühelose Anmut, mit der sie sich durch das Leben bewegte. Für ein paar Augenblicke konnte sich Eva einbilden, dass sie diese Leichtigkeit und Ruhe teilte, dass die Menschen auch sie ansahen und auch sie bewunderten. Es war ein unbeschwerter Moment. Ein Moment, an den ich oft zurückdenke. Doch er wurde unverhofft unterbrochen, als Eva in der Menge eine vertraute Silhouette zu erkennen glaubte. Ein flüchtiger Blick ließ sie kurz erstarren, bevor ihr Verstand einsetzte und Zweifel aufkommen ließ. War das möglich? Die Figur schien verschwommen und in der Menge verloren, und dennoch begann sich in ihrer Brust eine Unruhe auszubreiten, bis in ihre Fingerspitzen. Er konnte nicht hier sein. Es waren viele Menschen hier, zu viele Zeugen. Eva atmete ein, nicht zu tief, hielt die Luft kurz an und atmete wieder aus.

Sieh mal, Eva, da drüben, der Mann. Der sieht doch gut aus, findest du nicht? Wir sollten rüber gehen.

Mirjams Worte rissen sie aus ihren Gedanken und riefen einen erneuten Schauer hervor. Von der Ruhe und der Leichtigkeit, die sie noch zuvor empfunden hatte, war nichts mehr da. Sie wischte sich die Hände an ihrer Jeans ab und schüttelte leicht den Kopf. Ihren Protest ignorierend, ging Mirjam in Richtung des Mannes, Eva folgte ihr zögernd. Mirjam trat an den Mann heran und stellte sie beide vor. Es klang ungezwungen und natürlich. Der Mann strahlte eine angenehme Ruhe aus, die sich in seinen Bewegungen widerspiegelte. Seine halblangen Locken schienen im sanften Licht zu glühen, als wären sie von der Sonne geküsst worden. Er hatte freundliche Züge, sein Gesicht war markant, aber sympathisch, und er verströmte einen blumigen Duft, der sie an frisch gemähtes Gras erinnerte, mit einem Hauch von Gurke. Mit einer Hand die Flamme abdeckend, zündete er sich gerade eine Zigarette an.

Ich bin Noah.

Noah hatte blaue Augen, intelligente Augen, sodass Eva ihn kurz fasziniert anstarrte, bevor sie den Blick senkte. Mirjam reichte ihm die Hand. Noah lächelte und sah dabei nur Mirjam an. Eine natürliche Reaktion. Und da war sie wieder, die Eifersucht, die ihr einen Stich versetzte. Mirjam stellte ihm eine freche Frage, ich kann mich nicht mehr genau erinnern was genau, aber es spielt auch keine Rolle. Noah wirkte unbeeindruckt. Er war ruhig, sah sie an, als erwartete er, dass sie sich für ihre Frage rechtfertigte. Was sie nicht tat. Noah lächelte Mirjam an, sie lächelte zurück. Es war keine Schärfe im Gespräch. Ein ruhiges Aushalten, ein friedliches Kräftemessen. Eva stand daneben, es war, als dürfe sie als erste Leserin dieses Kapitel lesen, dürfe die beiden Hauptfiguren beobachten und mitfiebern, sich fragen, was der Schriftsteller mit ihnen vorhatte. Sie spürte, dass es keinen Sinn hatte, diese Dynamik zu stören. Sie war hier als Leserin, als passiver Zuschauer, für eine weitere Hauptfigur war hier kein Platz. Deshalb entfernte sie sich von der Geschichte und schloss das Kapitel, ohne es zu Ende zu lesen.

Eva spazierte weiter und beobachtete die Menschen um sich herum, die tranken, lachten, manche waren verärgert, manche griesgrämig, aber die meisten strahlten eine unschuldige Freude aus. Die Eifersucht war fort. Sie befand sich gerade zwischen den Schießbuden und dem Geisterhaus, das sie jedes Jahr aufbauten, als sie plötzlich stehen blieb. Sie täuschte sich nicht, als sie ein vertrautes Lachen vernahm. Ihr Blick suchte die Menschenmenge ab. Nein, er sah ihm zwar ähnlich, war es aber nicht. Der auch nicht. Da, das war er. Sie näherte sich Aaron, der so konzentriert war, dass er sie nicht bemerkte. Bis heute weiß ich nicht, wo sie das Selbstbewusstsein hergenommen hat, sich einfach neben ihn zu stellen und sich dabei nicht unwohl zu fühlen. Wahrscheinlich war sie damals derart verliebt, dass sie sich zu Handlungen hinreißen ließ, über die ich mich heute nur wundern kann. Sein Blick fixierte die Blechdosen, die in Pyramidenform aufgestellt waren, und er drückte ab. Ein Knall. So laut, dass sie zusammenzuckte. Sie versteifte sich und eine Welle der Kälte ging durch ihren Körper. Sie sah sich um. Nein, sie war allein. Allein in der Menschenmenge. Alle Dosen landeten am Boden und Aaron drehte sich zu seinem Nachbarn um.

Gewonnen!, rief er.

Nach wie vor erlebte sie sich als Leserin, Beobachterin, die mit der Hauptfigur mitfieberte. Dieses Mal störte es sie nicht, dieses Kapitel mochte sie. In diesem Moment drehte sich Aaron zu ihr um und sah sie an. Zog sie hinein in die Geschichte, ließ ihren Namen groß und unübersehbar in dem Kapitel erscheinen. Ihr Herz schlug schnell, war das Lampenfieber?, doch ihr Atem ging gleichmäßig.

Die Farben um sie herum schienen kräftiger, als das abendliche Licht es zulassen sollte, es wirkte, als würden sie von innen heraus strahlen. Das Blau von Aarons Hemd schien kräftiger, es war dasselbe Blau wie das seiner Augen und seine Haare erinnerten sie an die eines Engels. Ein flüsternder Wind trug den Duft von Veilchen zu ihr. Es war wie in einem Traum, ein Traum in einer Geschichte. Nur war sie jetzt die Hauptfigur. Mit jedem Herzschlag pulsierte die Geschichte durch ihre Adern. Sie konnte sie spüren, die Last des Schicksals auf ihren Schultern, eine Verantwortung, die sie mit neuer Entschlossenheit annahm. Die Welt um sie herum veränderte sich, oder war es sie, die sich veränderte?, während sie ihre Figur übernahm, Gedanken dachte und Wörter aussprach, die für sie geschrieben worden waren. Sie spürte ein Gefühl der Erfüllung in sich aufkeimen.

Aaron lächelte sie an, nur sie allein. Hatte er etwas gesagt? Ihr vielleicht sogar ein Kompliment gemacht? Ich weiß es nicht mehr.

Da bist du ja, Eva.

Es war Mirjam, die auf sie zukam. Eva machte einen Schritt zurück, brachte Abstand zwischen sich und Aaron und sie spürte, wie wohlig die Hitze ihre Wangen glühen ließ, ohne einen Spiegel dazu zu benötigen. Der Moment war vorbei, das Kapitel zu Ende. Doch noch immer pulsierte die Geschichte weiter in ihren Adern. Sie schloss die Augen und hielt sich an dem Gefühl fest. Zum ersten Mal hatte sie nicht nur gelesen, sie hatte erlebt, sie hatte gefühlt, und sie war geworden. Noah war direkt hinter Mirjam, sein Blick blieb an Eva hängen, nur für einen kurzen Moment. Sie sah eine interessante Abfolge von Emotionen in seinem Gesicht, angefangen bei Unbeschwertheit, über leise Verwirrung bis hin zu einem Anheben seiner Mundwinkel. In Noahs Blick schienen ganze Kapitel ungelesener Geschichten zu liegen. Noch heute kann ich mich gut an diesen Moment erinnern, denn Noahs Gesicht konnte innerhalb weniger Augenblicke eine einzigartige Bandbreite an Gefühlsregungen und Reaktionen zeigen, wie ich Vergleichbares nie wieder an einer anderen Person gesehen habe.

Aaron sah sich um und sein Blick blieb an dem aufwändig dekorierten Eingang des Geisterhauses hängen. Auch Noah hatte es bemerkt und er sah Mirjam mit leuchtenden Augen an. Nein, keine Geisterhäuser. Eva hatte genug Schrecken in ihrem Leben, sie brauchte nicht noch mehr davon. Sie hatte keine Gelegenheit, sich zu weigern, dazu hätte man sie nach ihrer Meinung fragen müssen. Aber das tat man nicht. Und so standen sie vor dem Eingang, ein neues Kapitel begann, aber keines, das sie lesen wollte. Noah und Mirjam gingen zuerst hinein. Wieder wurde sie nicht gefragt.

Hast du etwas gesagt?, fragte Aaron in diesem Moment.

Sie schüttelte den Kopf. Skeptisch schob sie die künstlichen Spinnweben zur Seite und legte den Eingang zum Geisterhaus frei. Sobald sie einen Fuß in das Haus gesetzt hatte, ließ schrilles Geschrei sie zusammenzucken. Sie griff nach Aarons Hand. Warum hatte sie das getan? Doch er erwiderte ihren Druck, strich über ihren Handrücken und zog sie ein wenig näher an sich heran. Seine

Geste ließ sie mehr schaudern als die Geräusche aus den Lautsprechern. Mit einem Mal wurde es blendend hell und ein Skelett fiel von der Decke herunter und baumelte kaum einen Meter von ihrem Gesicht entfernt mit einem Seil um den Hals in der Luft. Sie fasste Aaron am Arm, der gelassen wirkte. Die Angst ist nur in deinem Kopf, sie ist nicht real. Sie ist nicht real. Der Gang wurde immer schmaler, sodass sie gezwungen war, sich Aaron zu nähern, der einen Schritt hinter ihr ging. Sie spürte seinen Atem an ihrem Hals und genoss die Intimität, die zwischen ihnen entstand. Natürlich stolperte sie über die Leiche mit weit aufgerissenen Augen, die mit zu viel künstlichem Blut begossen worden war. Hätte Aaron sie nicht festgehalten, wäre sie wohl hingefallen. Das reichte. Sie entschied, dass das Risiko, sich vollständig zu entblößen, zu groß war. Daher überließ sie Aaron den Vortritt. Zudem half ihr die physische Distanz zwischen ihnen dabei, sich wieder zu fokussieren. Aaron fragte sie, ob sie sicher sei, schließlich würde sie all den Spaß verpassen, wenn sie hinter ihm ginge. Sie war sich sicher. Er müsse sich keine Sorgen machen. Aaron strich leicht über ihren Arm, so sanft, dass sie glaubte, sich die Berührung eingebildet zu haben. Ihr Körper reagierte zu stark auf seine Gegenwart. Sie mochte es nicht, es verwirrte sie und ließ sie unsicher werden. Während sie noch darüber nachdachte, war Aaron schon vorausgegangen, hinter der nächsten Biegung verschwunden und sie war im Begriff aufzuholen, als neben ihr plötzlich ein Knarren ertönte, wie von einer Tür. Ein hünenhafter Schatten schoss hervor und packte sie. Es ging so schnell, dass sie nicht einmal schreien konnte. Eine Hand legte sich über ihren Mund, eine andere drückte etwas Feuchtes über ihre Nase. Jegliche Versuche, irgendwie Aarons Aufmerksamkeit zu erregen, wurden im Keim erstickt. Strengte sie sich überhaupt genug an? Warum konnte sie nicht schreien?

Panisch wand sie sich im Griff der Person. Der gesamte Raum schien zu wanken und sie hatte auf einmal ein seltsam benebeltes Gefühl. Es gestaltete sich schwerer, als es eigentlich sollte, einen klaren Gedanken zu fassen. Immer, wenn sie ihre Gedanken genug sortiert hatte, um zu realisieren, was gerade passierte, entwischten ihr wieder ein paar und sie musste mit dem Sortieren von vorn anfangen. Gedanken waren schon etwas Eigenartiges. Was passierte, wenn man plötzlich aufhörte, sie zu denken? Was passierte, wenn man sie aussprach? Wurden sie dann real? Sie musste sich konzentrieren. Sie hatte so etwas schon einmal erlebt. Es war ein Albtraum, aus dem sie niemals aufzuwachen schien. Immer dann, wenn sie glaubte, ihn überwunden zu haben, tauchte er wieder auf. Unerwartet und hinterrücks. Er traf sie immer unvorbereitet. Sie fühlte sich wie eine Figur in Edens Buch, die er nicht ausstehen konnte und die er mit Vorliebe quälte.

Sie hatte Mühe, sich auf den Beinen zu halten. Die Wände des Raumes kamen ihr entgegen, oder bewegten sie sich doch von ihr fort?, und mittlerweile hatte sie das Gefühl, sich in einem Karussell zu befinden, denn alles um sie herum drehte sich und der Boden schien unter ihren Füßen nachzugeben. Wo war sie eigentlich? In dem Raum befanden sich Puppen, Clownsmasken und andere Requisiten, wie sie vermutlich in einem Geisterhaus verwendet wurden. Geisterhaus! Ja, da war sie gewesen, in einem Geisterhaus. Aber warum war ausgerechnet sie in ein Geisterhaus gegangen? Sie mochte den Scheiß doch nicht. Unechte Spinnweben, Skelette aus Plastik und Kanister, gefüllt mit roter Flüssigkeit, waren wild im Raum verteilt. Sie fielen trotz der schaukelnden Bewegung des Raums nicht um. Warum fielen sie nicht um? Ein kaputter Spiegel stand in der Ecke. Ihr Spiegelbild war verzerrt und hässlich. Sie wandte den Blick ab. Sie war allein. Oder? War Eden verschwunden? Wann hatte er sie überhaupt losgelassen? Wo war er nur? Eine Bewegung, rechts am Rande ihres Blickfelds. Ein Knarren, oder war es nur in ihrem Kopf? Dann stand er vor ihr. Sie musste sich konzentrieren, um ihn scharf wahrzunehmen. Sein Grinsen sah seltsam verzerrt aus, wie eigentlich sein ganzes Gesicht. Verzerrt wie eine der Clownsmasken im Raum. Er wedelte mit einem Fetzen vor ihrer Nase herum. Ihre Augen folgten der Bewegung wie einem Pendel, alles drehte sich.

Eden machte einen Schritt nach vorn und kam ihr dabei so nahe, dass sein Gesicht übergroß vor ihr wirkte. Er hatte die Augen so weit aufgerissen, dass sie die Äderchen, die sich leuchtend rot von dem Weiß seines Augapfels abhoben, erkennen konnte. Wobei eines seiner Augen größer war als das andere. Oder umgekehrt. Sie war sich nicht sicher. Seine Pupillen waren geweitet, sie spiegelte sich darin und konnte das Entsetzen in ihrem Gesicht erkennen. Er sah anders aus als beim letzten Mal. Doch noch immer sah er sie mit demselben lüsternen Blick an.

Hast du gewusst, dass Chloroform früher als Droge verwendet wurde?

Er lehnte sich zur Seite, an den Rand ihres Blickfeldes, wo sie nichts Genaues wahrnehmen konnte.

Aber dann hat man gemerkt, dass es sich toxisch auf die Organe auswirkt und krebserregend ist.

Sie erinnerte sich daran, einmal einen Artikel darüber gelesen zu haben. Aber warum dachte sie überhaupt darüber nach? Er riss die Augen, wenn das überhaupt möglich war, noch weiter auf und leckte sich über die Lippen. Seine Augen zuckten hin und her, so als würde er sich umsehen oder als würde er etwas suchen. Er war unruhig. Seine Hände suchten etwas in seinen Taschen, oder bildete sie sich das ein? Nein, er hatte sie gefunden. Langsam, genüsslich, nahm er eine Zigarette aus der Packung, zündete sie an und blies ihr den Rauch ins Gesicht. Eva unterdrückte ein Husten.

Die Wirkung hält leider nicht so lange an. Wir müssen uns also ein wenig beeilen.

Er hob die Hand mit der Zigarette und strich mit dem Handrücken über ihre Wange. Sie kniff die Augen zusammen, in der Erwartung eines Schlages. Doch seine Finger liebkosten ihre Wange, die weiche Haut ihres Halses und zeichneten die Linie ihres Schlüsselbeins nach. Ihr wurde übel und ihr Atem beschleunigte sich. Sie musste sich beruhigen. Seine Hand glitt nach oben zu ihrem Kinn. Plötzlich wurde sein Griff fest. Mit einer Hand riss er ihre Bluse auf, mit der anderen nahm er das glühende Ende der Zigarette und drückte es gewaltsam an die weiche Stelle unter ihrem Schlüsselbein. Ihre Haut brannte, reagierte auf die heiße Glut. Sie schrie. Eden lachte und drückte die Zigarette noch tiefer in ihr Fleisch.

Spürst du, wie sie nach dir greifen? Sie alle? Spürst du, wie sie beginnen, dich in Stücke zu reißen? Spürst du es?

Der Schmerz breitete sich aus. Ihre gesamte Schulter brannte, sie brannte! Der Gestank von versengter Haut ließ sie würgen. Mit einer Kraft und Schnelligkeit, die sie ihm nicht zugetraut hätte, nahm Eden die Zigarette von ihrer Haut und drückte Eva gegen die Wand. Ihre Rippen, die immer noch von dem Unfall schmerzten, knackten und ein stechender Schmerz machte sich in ihrem Brustkorb breit. Sie keuchte und schnappte nach Luft, ihre Schulter brannte noch immer, das Brennen pulsierte mit jedem Schlag ihres Herzens durch ihren Körper. Es transportierte den Schmerz weiter, half ihm dabei, sich auszubreiten. Konnte es nicht aufhören zu schlagen?

Sein Gesicht war immer noch zu nah an ihrem. Er betrachtete sie, sein Blick war nun sanft und auf eine irre Art liebevoll. Zärtlich strich er ihr mit dem Daumen über das Kinn, wobei sich sein restlicher Griff kein bisschen lockerte. Angewidert wollte sie sich seiner Berührung entziehen, aber sie hatte keine Kontrolle über ihren Körper.

So ein hübsches Gesicht, sagte er leise und sein Blick wurde glasig.

Sie versuchte, sich zu bewegen, aber ihre Glieder waren schwer, so unendlich schwer. Sie wünschte sich, ihr Geist würde ähnlich schwer sein und nicht mehr alles mitbekommen. Sie war gefangen in ihrem Körper. Konnte sich nicht wehren und wurde bestraft, indem sie bei Bewusstsein blieb. Die Gnade einer Ohnmacht wurde ihr nicht gewährt. Eine Weile sagte er nichts, er hatte die Stirn gerunzelt und schien über etwas nachzudenken.

Dann fixierte er sie wieder und der nachdenkliche Ausdruck wich einem bösartigen Lächeln, das ihr den kalten Schweiß auf die Stirn treten ließ.

Aber sie wendet ihre Aufmerksamkeit den falschen Dingen zu. Sie lässt sich ausnutzen. Und kriegt es noch nicht einmal mit! Ich muss ihr die Ungerechtigkeiten zeigen, es liegt an mir, dass sie es begreift.

Sie hatte Mühe ihn zu verstehen, er redete so schnell und ihr Kopf konnte das Gesagte nur schwer verarbeiten. Über wen sprach er? Wer nutzte sie aus? Sie hätte entsetzt sein sollen, zumindest überrascht, darüber, dass er sie anscheinend beobachtete, sie verfolgte. Aber sie war es nicht. Sie spürte, dass sie ihm nicht entrinnen konnte. Dass es wohl ihr Schicksal war, immer wieder dasselbe Spiel zu spielen.

Du bist doch nicht dumm, oder? Eden betrachtete sie aufmerksam. Du weißt doch, dass die Augen das Tor zur Seele sind, oder nicht?

Erwartete er eine Antwort?

Sieh endlich in die Augen der Anderen! Du willst sie nicht sehen, die Willkür dieser Welt. Sie missbraucht dich, sie zerreißt dich in kleine Stücke. Immer weiter, bis du alles gegeben hast und nichts mehr von dir übrig ist.

Sein Blick wurde hart und die zuvor noch sanfte Berührung seines Daumens an ihrem Kinn änderte sich schlagartig, als er seinen Fingernagel, oder war es ein Glassplitter?, in ihre Haut drückte. Sie hätte nicht sagen können, dass es schmerzte, doch als sie etwas Nasses an ihrer Wange herunterlaufen spürte, war ihr klar, dass sie blutete.

Und ihnen ist es … egal.

Er sah überrascht aus, als er seinen Griff löste und mit seinen Fingern das Blut von ihrem Hals wischte.

Es ist ihnen egal, dass wir leiden. Wir, die ausgenutzt und missbraucht werden.

Er starrte auf seine Hand. Sah von ihr zu Eva, sein Ausdruck ähnelte dem eines sich schämenden Kleinkinds. Seine Augen waren groß und wenn sie es nicht besser gewusst hätte, wäre sie wohl versucht gewesen zu glauben, dass seine Verblüffung gespielt war. Er wich einen Schritt zurück und das plötzliche Fehlen seiner Hände, die ihr, so abstoßend ihre Berührung auch war, als Stütze gedient hatten, ließ sie nach vorne auf die Knie stürzen. Die Kälte des Bodens ließ sie wieder klarer denken. Zwar drehte sich noch immer alles in ihrem Kopf, doch es fiel ihr wieder leichter, einen Gedanken zu formulieren und ihn nicht sofort wieder zu verlieren. Schwer atmend hob sie den Blick, jeder Atemzug schmerzte, und sah, wie er weiter nach hinten zurückwich, immer noch entsetzt seine Hand betrachtend. Was auch immer ihn so entsetzte, es war ihr egal. Oder? Es hatte etwas Makabres, dieses Gefühl der Verwirrung zu spüren, das doch eigentlich hier nichts verloren hatte. Verzweiflung und Angst, ja, sogar Panik wäre angebrachter gewesen. Empfand sie vielleicht sogar so etwas wie … Mitleid? Sie schluckte schwer. Das war Blödsinn. Vermutlich hatten die Drogen ihren Geist so vernebelt, dass sie nicht mehr zwischen seinen und ihren Gefühlen unterscheiden konnte. Denn er schien zutiefst verstört zu sein. Sein Gesicht hatte einen verzweifelten Ausdruck angenommen. Er sah von seiner Hand auf und machte Anstalten, sich ihr wieder zu nähern. Sie versuchte hektisch, Abstand zwischen sich und ihn zu bringen. Der Moment, in dem sie glaubte, Mitleid mit ihm zu haben, war so schnell verschwunden, wie er gekommen war. Er blieb stehen und ließ die Hand, die er nach ihr ausgestreckt hatte, langsam sinken. Er schüttelte den Kopf, als von irgendwoher ein dumpfes Poltern zu ihnen drang. Sein Blick schnellte in Richtung Tür, sein gesamter Körper schien angespannt zu sein. Auch sie sah zu der Tür hinüber, in der Hoffnung, dass sie aufgehen und jemand sie finden würde. Doch sie blieb verschlossen. Sie wandte sich enttäuscht ab, bereit sich dem zu stellen, was nun folgen würde. Sie rechnete mit allem, Schmerzen waren zwar real, aber die Angst war es nicht. Die Angst ist nur in deinem Kopf. Als sie wieder aufblickte, war niemand da. Sie war allein. Eden war lautlos verschwunden.

Sie sah nur mehr sich selbst in dem kaputten Spiegel. Langsam stand sie auf. Ihr Blick wurde klarer, der Raum war nicht mehr so unscharf wie vorher, er schaukelte auch nicht mehr. Mit einer Hand stützte sie sich an der Wand ab, mit der anderen massierte sie ihre Schläfen, bis sie sich zutraute, wieder gerade stehen zu können. Sie machte ein paar Schritte. Es funktionierte. Sie runzelte die Stirn. Nein, sie war nicht zittrig oder stand kurz davor zu hyperventilieren. Sie klopfte sich den Staub von der Kleidung und atmete tief durch. Ohne Zittern, ohne Panik.

Sie war noch immer ruhig, als sie sich gegen die Steinmauer lehnte, die sich hinter dem Geisterhaus befand. Es hatte eine andere Tür in dem Raum gegeben, die ins Freie geführt hatte. Wohl ein Notausgang. Sie hatte die Augen geschlossen, der Brandfleck unterhalb ihres Schlüsselbeins pulsierte schmerzhaft. Eden hatte die Zigarette tiefer in ihr Fleisch gedrückt, als sie geglaubt hatte. Es hatten sich schmerzhafte Blasen gebildet und ihre Haut war feurig rot. Reste des verbrannten Tabaks klebten noch in der Wunde. Ihre Hand zitterte, sie fürchtete sich vor ihrer eigenen Berührung. Ihr Kiefer knackte, doch sie entfernte die Asche aus der Wunde und atmete tief durch, während sie mit ihrer Bluse die Wunde verdeckte. Sie zitterte nicht mehr, ihre Atmung ging regelmäßig. Ob ihr Körper und ihr Geist getrennte Wege gingen? Denn obwohl ihr Körper ruhig und gelassen zu sein schien, war ihr Geist aufgewühlt und ruhelos. Oder bildete sie sich das ein? Weil sie wusste, dass ein ruhiger Geist in dieser Situation einfach unmöglich war? Vermutlich war es eine Art Schutzmechanismus, behauptet zumindest Ayla. Um ehrlich zu sein, hatte ich damals aber keine großen Gedanken mehr an ihren Zustand verschwendet. Sie verdrängte ihre Gefühle ohnehin, darin hatte sie Übung. Ihr war zwar klar, dass es keine langfristige Lösung darstellte, doch in diesem Moment, in der dunklen Gasse hinter dem Geisterhaus, schien es die einzige Lösung zu sein.

Eva?

Mirjams Stimme ließ sie zusammenzucken. Sie sah auf und zwang sich zu einem Lächeln.

Wir haben dich gesucht. Was machst du hier draußen?, fragte Mirjam.

Ihr Hirn suchte nach einer Ausrede. Die Wahrheit kam nicht in Frage. Am Ende wurden sie gerade von ihm beobachtet und er bekam jedes Wort mit, das sie von sich gab. Bei diesem Gedanken suchte ihr Blick hektisch die Gegend ab, doch es war bereits zu dunkel, um etwas zu erkennen. Oder jemanden. Er konnte überall sein.

Ich hab frische Luft gebraucht, erwiderte sie.

Mirjam sah sie an, als wäre sie ein kleines Kind, und nahm sie am Arm. Gemeinsam spazierten sie in Richtung Getränkebuden, wo Noah und Aaron bereits auf sie warteten.

Sie befanden sich neben einem Feuer, das in einem eisernen Behälter loderte. Die angenehme Wärme hüllte sie ein, das Holz gab knisternde Geräusche von sich, und die Flammen erweckten den Eindruck, als würden sie leben. Noah beugte sich über einen Holzstapel, wobei Eva die Spannung in seinen Rückenmuskeln beobachtete. Mit scheinbar müheloser Leichtigkeit hob er ein Stück Holz auf, richtete sich auf und legte es behutsam in die Flammen. Das Feuer flackerte kurz auf, bevor es sich langsam wieder beruhigte. Eva hielt ihren Blick immer noch auf Noah gerichtet. Einige Strähnen seines Haares hatten sich aus seinem Zopf gelöst und fielen ihm ins Gesicht. Als er bemerkte, dass sie ihn ansah, lächelte er sie an. Schnell wandte sie ihren Blick ab.

Mirjam stellte sich zu Noah, der unauffällig einen Arm um ihre Hüften legte, und die beiden vertieften sich augenblicklich in ein Gespräch, das durch den Lärm der Leute um sie herum unverständlich wurde. Aaron sah sie an. Was war das in seinem Blick?

Ich war abgelenkt und dann warst du weg, meinte er und fuhr sich durch die Haare und band sie im Nacken zusammen. Eine unheimlich sympathische Geste.

Bevor er weitersprechen konnte, unterbrach sie ihn.

Ist nicht so schlimm. Ich brauch keinen Held. Aber lass uns das nicht wiederholen.

Er nickte und machte einen Schritt auf sie zu, betrachtete sie genauer. Mit gerunzelter Stirn streckte er die Hand aus und berührte vorsichtig ihr Kinn an der Stelle, wo Eden sie mit dem Glassplitter verletzt hatte.

Was ist da passiert?, fragte er so leise, dass sie ihn kaum verstand.

Was sollte sie darauf antworten? Sie konnte ihm ebenso wenig die Wahrheit sagen wie Mirjam, wenn nicht sogar noch weniger. Wenn sie vor dem heutigen Abend noch irgendwelche Zweifel gehabt hatte, war sie sich jetzt vollkommen sicher, dass Eden zu allem fähig war. Außerdem wollte sie nichts tun oder sagen, wodurch Aaron sie mit anderen Augen sehen könnte. Wenn er die Wahrheit kannte, würde er sofort das Weite suchen. Also blieb ihr nur ein Ausweg. Derselbe wie immer.

Ich bin irgendwo dagegengelaufen.

Aaron sah sie prüfend an. Sie hob die Schultern.

Es war schon ziemlich dunkel da drin, murmelte sie in der Hoffnung, damit das Thema zu beenden.

Tatsächlich bildete sie sich ein, ihn lächeln zu sehen. Sie atmete auf, unbewusst hatte sie die Luft angehalten. Vielleicht war das ihr verborgenes Talent. Menschen belügen zu können und damit davonzukommen. Welch grausames Talent das doch war. In der Rolle bleiben. Bloß keine Zweifel aufkommen lassen. Warum auch immer Menschen dazu tendieren, Dinge eher zu glauben, wenn man zeigt, dass man sich geniert. Es funktioniert auch heute noch, obwohl ich keine Gelegenheit habe, dieses Talent noch einzusetzen.

Aaron jedenfalls ignorierte ihre gespielte Empörung, trat näher an sie heran und legte seine Hände auf ihre Hüften. Sie zierte sich ein wenig, nutzte seine Schuldgefühle aus. Dabei spürte sie eine Geborgenheit, wie sie sie bisher noch nie erlebt hatte.

Ich hol uns was zu trinken, sagte Aaron.

Eva nickte, ihr Mund fühlte sich trocken und rau an. Währenddessen wurde ihre Aufmerksamkeit auf die Unterhaltung von Mirjam und Noah gelenkt. Ihr Gespräch schien nur manchmal von Mirjams ansteckendem Lachen unterbrochen zu werden. Mit jeder Geste und mit jeder Minute, die sie miteinander verbrachten, wurde Eva die tiefe Verbindung, die sich zwischen den beiden zu formen begann, bewusst. Noah wirkte von Mirjam fasziniert, sein Lächeln verriet eine stillschweigende Vorliebe für ihre Gesellschaft. Es war, als ob ihre Worte eine eigene Welt schufen, in der nur Platz für sie beide war. Es wirkte unbeschwert, beruhigend, tröstlich. Aaron berührte Eva sanft an der Schulter und sie wandte den Blick von Mirjam und Noah ab.

Hier, für dich.

Er hielt ihr einen Becher entgegen. Sie bedankte sich und schielte Aaron über den Rand ihres Bechers an, bevor sie einen Schluck daraus nahm. Was war denn das? Sie schluckte schwer. Zwar wusste sie nicht, was sie erwartet hatte, jedenfalls traf sie der intensive, bittere Geschmack des Alkohols unvorbereitet. Aarons leises Lachen ließ darauf schließen, dass ihre Reaktion lange nicht so subtil gewesen war, wie sie geglaubt hatte. Errötend senkte sie den Blick und nippte erneut an dem Getränk. Der Alkohol legte sich wie Watte um ihre Sinne. Es schien noch immer so, als wäre eine Barriere zwischen ihr, ihrem Geist und ihrem Körper. Es war angenehm. Sie wusste, dass sie sich darüber vielleicht Sorgen machen müsste, beschäftigte sich aber nicht weiter damit. Damals wusste sie die betäubende Wirkung des Alkohols noch nicht zu schätzen. Was würde ich heute für dieses Gefühl geben? Unauffällig lehnte sie sich an Aaron, als sie merkte, wie der Alkohol begann, ihre Sinne zu benebeln. Aaron reagierte im selben Augenblick, indem er unauffällig seine Hand auf ihre Hüfte legte und mit den Fingern ihr Gesäß berührte. Eine Stimme sagte ihr, dass das nicht gut war. Dass sie etwas Abstand zwischen sich und Aaron bringen sollte. Aber sie wusste nicht mehr, warum. Es war wichtig gewesen, aber sie konnte sich nicht mehr erinnern. Also versuchte sie, die Stimme zu ignorieren, als sie von Mirjam am Arm gepackt wurde. Automatisch wurde der Abstand zwischen ihr und Aaron vergrößert. Ganz ohne ihr Zutun. Mirjam sah sie mit leuchtenden Augen an.

Komm, lass uns tanzen.

Sie nahm noch einen Schluck, inzwischen schmeckte sie den Alkohol kaum noch, bevor sie sich ganz von Aaron löste und hinter Mirjam herlief. Dann hielt sie einen Augenblick inne, bevor sie sich noch einmal umdrehte. Sie lief zurück, legte ihre Arme um Aarons Hals, stellte sich auf die Zehenspitzen und küsste ihn. Einfach so, etwas unverschämt und erneut mit einem Mut, von dem ich bis heute nicht weiß, wo er so plötzlich herkam. Sie war zufrieden, als sie sich von ihm löste.

Jetzt können wir tanzen.

Aaron sah ihr nach, war das Faszination in seinem Blick?

Seit wann trinkst du denn Alkohol?, fragte Mirjam.

Eva lachte nur. Ihr benebeltes Gehirn verschwendete keine Gedanken mehr an Eden und an das, was er vielleicht tun würde, wenn er sah, was sie tat. Eva genoss einfach das Gefühl, die Hauptfigur in der Geschichte zu sein. Mit Aaron an ihrer Seite. Der Alkohol in ihrem Blut verstärkte Aarons Wirkung auf sie noch mehr, ihre erzwungene Gelassenheit kostete sie vollkommen aus, so künstlich sie auch war, so natürlich fühlte sie sich an. Euphorisch drehte sie sich im Kreis, bewegte sich zur Musik. Sang mit, egal ob sie den Text kannte oder nicht. Es war kalt draußen und die Bewegung tat gut. Von den Blicken der Anderen, heute kann ich nicht mehr sagen, ob sie freundlich oder verächtlich waren, ließ sie sich nicht stören. Sie war sich bewusst, dass Aaron unweit von ihnen an einem der Stehtische lehnte. Beobachtete er sie ebenfalls?

Sie ging auf Aaron zu, nahm ihn an den Händen und zog ihn auf die Tanzfläche. Ihre Hände glitten über seinen Körper. Erforschten ihn. Etwas zu genau, in Anbetracht des Publikums, das sie hatten. Mit Aaron gemeinsam auf der Bühne zu stehen, vom Rampenlicht geblendet, machte ihr keine Angst. Sie genoss es sogar. Sie bewunderte im Stillen seinen Körper, der sich perfekt im Rhythmus der Musik bewegte. Genoss das Gefühl seiner Hände auf ihrem Rücken, ihren Schultern, ihren Hüften. Es gab nichts Schöneres in diesem Moment, als diese Bühne mit ihm zu teilen, mit dem einen Mann, der etwas an ihr gefunden hatte, was sie selbst nicht einmal zu suchen gewagt hätte. Es war … Ihre Gedanken wurden unterbrochen, als er sie an der Taille packte, mühelos hochhob und für einen Moment in der Luft hielt. Sie würde sich noch lange an diesen Moment erinnern. An seine Hände, die sie gehalten hatten. An seinen Blick. Die Konturen seines Gesichts. Die Mühelosigkeit, mit der er sie gehalten hatte. Die Zeit schien damals stillzustehen. Sie vergaß die Menschen um sich herum, vergaß Mirjam und das restliche Publikum. Es gab nur sie und ihn auf ihrer Bühne. Alle anderen waren Leser, die ihre Geschichte lasen, jedes Wort aufsogen und Seite für Seite umblätterten, um zu erfahren, wie es weiterging. Aarons Blick hielt den ihren gefangen, und die Wärme, die darin lag, und die Sicherheit, die ihr sein Griff an ihren Hüften vermittelte, zerstreuten ihre letzten Bedenken. Hatte sie überhaupt noch welche gehabt? Langsam ließ er sie wieder zu Boden sinken. Er nahm ihr Gesicht in beide Hände, murmelte etwas, das die laute Musik übertönte, was hatte er nur gesagt?, und sah sie an. Der Schnitt an ihrem Kinn brannte ein wenig, die Wunde unter ihrer Bluse pulsierte, doch das intensive Gefühl, das die Berührung seiner Finger auf ihrer Haut hinterließ, verdrängte alles Negative. Er beugte sich zu ihr hinunter. Sie schloss die Augen, nahm seinen Geschmack in sich auf, genoss die Intensität und das Leben, das auf einmal durch ihre Adern pulsierte. Jeder konnte sie sehen. Das war nicht richtig. Warum sich der Schleier und die Gleichgültigkeit, die durch den Alkohol entstanden waren, aufgelöst hatten, wusste sie nicht. Aber ihr wurde wieder bewusst, was sie da tat. Und dass es gefährlich war. Sie löste sich von ihm, bestimmter als beabsichtigt. Dabei spürte sie den Ekel vor sich selbst, wie vor faulem Obst. Sie war sich selbst zuwider, weil sie so schwach war. Und feige. Aaron sah sie an, sein Blick unergründlich. Doch er lächelte. Glaube ich zumindest. Denn er ließ sie nicht los. Gott sei Dank hielt er sie fest.

Wir sollten gehen.

Er beugte sich wieder zu ihr herunter, küsste sie aber nicht, sondern betrachtete sie nur.

Warum nicht?

Er lachte. Wer weiß, was an diesem Abend noch alles geschehen wäre, wären sie nicht angerempelt worden. Es war eher die Überraschung als der Schmerz, der sie mit einem Laut darauf reagieren ließ.

Hast du dir wehgetan?, fragte Aaron, der sie noch immer festhielt.

Sie schüttelte den Kopf, wobei die Umgebung wackelte. Ein Erdbeben? Nein. Der Alkohol. Aaron sah verärgert aus. Neugierig sah sie ihn an. So hatte sie ihn noch nie gesehen, hatte nicht einmal gewusst, dass er so aussehen konnte. Sie waren in das Kreuzfeuer zweier hünenhafter Typen geraten. Der Alkohol schien auf die beiden eine andere Auswirkung zu haben als auf sie. Statt eines angenehmen Taubheitsgefühls, gepaart mit steigender Müdigkeit und Gleichgültigkeit, schien sich bei ihnen das Aggressionspotential zu vervielfältigen. Die Anderen um sie herum hatten ebenfalls aufgehört zu tanzen. Einer der zwei, derjenige, der sie und Aaron angerempelt hatte, drehte sich zu ihnen um.

Was schaust du so blöd?, sagte er zu Aaron und kam auf ihn zu.

Mit einer schnellen Bewegung hatte Aaron Eva hinter sich geschoben und verstellte ihr die Sicht.

Lass gut sein, sagte Aaron und wollte sich gerade umdrehen. Doch der andere packte ihn brutal an der Schulter, das musste wehtun, und riss Aaron wieder zu sich herum.

Du sagst mir nicht, was ich zu tun habe!

Jetzt brüllte der Typ und sah aus, als würde er gleich auf ihn losgehen. Aaron schob Eva mit einer schnellen Bewegung seines Armes weiter zurück, sodass sie nicht mehr in der Reichweite des Riesen stand, und trat, ohne zu zögern, einen Schritt an ihn heran. Er musste den Blick heben, da der Andere etwa einen ganzen Kopf größer war, um ihm in die Augen sehen zu können.

Schlaf deinen Rausch aus und lass uns in Ruhe, sagte Aaron.

In seiner Stimme war nichts Aggressives. Wie konnte er so ruhig bleiben? Sie selbst fühlte eine heiße Wut in sich aufsteigen. Die Ungerechtigkeit der Situation sowie die Dreistigkeit des Typen ärgerten sie. Der Hüne kniff die Augen zusammen, er wirkte verwirrt. Dann ging alles sehr schnell. Der Riese schlug zu. Kennt ihr das, wenn etwas passiert und ihr nur so dasteht und euch denkt, ist das gerade wirklich passiert? Ihr unfähig seid, euch zu bewegen? So ging es ihr damals. Sie wollte nicht das Blut von der Platzwunde an Aarons Kopf sehen. Wollte den Schmerz in seinem Gesicht nicht sehen. Wollte die Spuren der Gewalt an seinem Körper nicht sehen. Sie verschloss lieber die Augen davor.

Doch da war kein Blut, als sie die Augen wieder öffnete. Wieso war da kein Blut? Sie sah sich um. Der Typ hatte sein Ziel verfehlt. Denn in dem Moment, in dem sie die Augen geschlossen hatte, hatte sich die Situation geändert. Aaron war nicht verletzt, dafür hielt sich der Riese eine Hand auf den Magen. Hatte Aaron ihn geschlagen? Sie hatte es nicht mitbekommen. Stöhnend stolperte er rückwärts.

Es ist unhöflich, Leute zu schlagen, sagte Aaron, wandte sich ab und legte einen Arm um ihre Schultern, drückte sie kurz.

Geht's dir gut?, fragte er.

Sie nickte nur, was hätte sie sonst tun sollen?, aber sie sagte nichts. Ohne sich weiter um die anderen zu kümmern, verließen sie die Tanzfläche. Weg von dem Lärm und dem Gedränge, weg von dem Rummelplatz.

Warum hast du dir das gefallen lassen?, unterbrach sie das Schweigen, obwohl es schön gewesen war.

Aaron verlangsamte seine Schritte ein wenig und sah sie von der Seite an. Dann seufzte er und verschränkte seine Finger mit den ihren. Es war eine vertraute Geste, die sie nicht störte, die sie sogar genoss.

Weißt du, früher hätte ich nicht gezögert. Damals hätte ich mir seine Bemerkungen nicht gefallen lassen, sagte er, neigte den Kopf nach oben und starrte in den Himmel, früher war ich bei jeder Schlägerei dabei.

Er schüttelte den Kopf.

Aber das bin ich nicht mehr. Ich halte nichts von Schlägereien und ich habe auch keine Lust, mich darauf einzulassen.

Was hat dich deine Meinung ändern lassen?

Endlich sah er sie wieder an. In seinen Augen lag eine Verletzlichkeit, fast schon Melancholie. Oder bildete sie sich auch das ein? Dieser verdammte Alkohol, er ließ sie Realität und Einbildung verwechseln.

Ab einem gewissen Punkt im Leben erkennt man, was wichtig ist. Und dass nicht jeder einen Held braucht. Er lächelte und sprach nicht weiter.

Sie drückte seine Hand.

Ich wünschte, ich hätte diesen Punkt auch schon erreicht, murmelte sie.

Aaron lachte und blieb stehen. Dann nahm er ihr Gesicht in seine Hände. Hände, die so viel Kraft hatten, dass sie Schmerzen zufügen konnten, die aber auch so sanft sein konnten, dass man ihre Berührung beinahe nicht spürte.

Das wirst du eines Tages. Glaub mir.

Sie glaubte ihm nicht, es tat dennoch gut es zu hören. Sie konnte seinen Atem auf ihren Lippen spüren und ein Prickeln lief ihr den Rücken hinunter. Aaron musste sich seiner Reaktion auf sie bewusst sein, denn er strich sanft mit seinen Fingern über ihre Wangenknochen, wobei noch immer ein kleiner Abstand zwischen seinen und ihren Lippen blieb. Sie stellte sich auf die Zehenspitzen, sodass sich ihre Lippen endlich berührten. Sie konnte spüren, dass Aaron lächelte.

Das durchdringende Klingeln ihres Telefons unterbrach den Moment und sie trat seufzend einen Schritt zurück. Ihre Wangen glühten. Aber was sollte sie machen? Sie holte das Telefon aus ihrer Tasche. Ich weiß nicht mehr, wer sie damals angerufen hat. Wahrscheinlich war es Mirjam. Es macht aber letztendlich keinen Unterschied. Sie verzog das Gesicht und drückte den Anruf weg, sie wusste sowieso, worum es ging. Sie bereute ihre Reaktion dennoch im selben Moment.

Ich muss gehen, sagte sie.

Wann seh' ich dich wieder?

Ich weiß nicht.

Es klang mehr wie eine Frage, als eine Feststellung. Das schien Aaron nicht zu stören. Noch immer hatte er die Arme um sie gelegt. Sie zog ihn näher an sich heran, an ihren Körper und an ihr Herz. Ihr Telefon begann wieder penetrant zu klingeln.

Ich muss los.

Pass auf dich auf.

Sie nickte und fühlte einen Funken der Wehmut in ihrer Brust, als er sie losließ, sich umdrehte und in der Dunkelheit der Straße verschwand. Auf jeden Fall kann ich mich nicht mehr daran erinnern, wie sie sich damals getrennt haben, weshalb wir ihn einfach in die Dunkelheit gehen lassen, das hat etwas, das gefällt mir, und sollte in jedem Roman einmal vorkommen.

Sie sah ihm nach, spürte noch immer seine Berührungen auf ihrer Haut. Zum ersten Mal seit langem war sie wieder so etwas wie glücklich.

Hast du schon gehört, am Rummelplatz gab es ein Feuer. Einige meiner Kollegen, die in der Zeit Notdienst gehabt haben, waren vor Ort, es gab einige Verletzte, sagte Mirjam.

Schade für den Jahrmarkt. Glaubst du, dass die trotzdem nächstes Jahr wiederkommen?

Mirjam zuckte mit den Schultern. Sie saßen im Garten hinter ihrem Haus und Eva trug nur eine dünne Jacke, aber es war noch warm genug. Mirjam saß neben ihr und hatte die Augen geschlossen. Eva hingegen genoss den Anblick. Ihr Garten war zwar klein, doch er reichte für sie. Dank der Blumen und Sträucher bot er einen Hauch von Farbe, nicht zu viel, sondern gerade richtig. In der Mitte stand eine Eiche, darunter die alte Gartenbank, auf der sie und Mirjam saßen. Ihre Blessuren waren inzwischen gut verheilt. Allein die Verbrennung schmerzte noch, vor allem nachts. Sie wachte oft auf, schwitzend und nass, und die Wunde brannte, als würde jemand erneut heiße Glut darauflegen.

Weißt du, Eva, Noah hat mir erzählt, dass er in einer großen Firma arbeitet, die machen dort irgendwas mit Solar. Da bekommt er auch mehr bezahlt, als wenn er in die Forschung gegangen wäre.

Mirjam öffnete die Augen und sah Eva an. Eva hatte nicht richtig zugehört. Das störte Mirjam keineswegs.

Wir haben uns jetzt schon zweimal verabredet. Und morgen, ja, da sehen wir uns das dritte Mal.

Das freut mich für dich, sagte Eva. Solar hast du gesagt?

Mirjam nickte. Soll ich Noah fragen, ob er jemanden kennt, der mit dir ausgehen würde? Er hat viele Studenten in seinem Freundeskreis. Dann könnten wir uns zu viert verabreden?

Einen Student? Eva lachte überrascht. Nicht nötig.

Ach, du triffst dich ja mit Aaron. Daran hab ich gar nicht mehr gedacht. Und übrigens, es heißt einen Studenten.

Eva wollte lachen, aber es fühlte sich falsch an, also tat sie es nicht. Vermutlich war es ihre Schuld, dass sich Mirjam nicht für Aaron interessierte. Außerdem fand sie Mirjams Zurechtweisung unnötig. Sie war eben kein Sprachgenie, was vermutlich daran lag, dass sie die Zeit mit dem Lesen von leichter Lektüre verbrachte. Ein Umstand, der mittlerweile meinem Anspruch an das geschriebene Wort gewichen ist. Jedenfalls griff Mirjam nach Evas Hand.

Ich bin glücklich. So richtig glücklich.

Mirjam sah auch so aus. Glück stand ihr ausgezeichnet. Es verlieh ihrem Haar Glanz, ließ ihre Augen funkeln und brachte ihren Charme zum Erblühen.

Und Noah hat mir das mit Schrödingers Katze erklärt. Hör zu. Eine Katze ist in einer Schachtel. Und in dieser Schachtel ist ein Ding, was war das noch? Auf jeden Fall kann das Ding die Katze entweder dazu bringen aufzuwachen oder weiterzuschlafen. Ach ja, die Katze schläft, genau. Mirjam spielte mit dem runden, mit bunten Steinen verzierten Anhänger an ihrer Kette, den sie von Noah bekommen hatte. Es sei ein Glücksbringer, hatte sie gesagt.

Soweit ich weiß, geht's darum, ob die Katze stirbt oder nicht, warf Eva ein.

Nein, es war sicher eine schlafende Katze. Aber jetzt kommt der wichtige Teil! Wir wissen ja momentan nicht, ob die Katze schläft oder nicht, korrekt?

Korrekt.

Das heißt, die Katze ist gerade wach und sie schläft!

Ganz so kann man das glaub ich nicht …

Das ist das erste Mal, dass ich das Gedankenexperiment verstanden habe.

Eva beschloss, die radioaktive Substanz, die eigentlich mit der Katze in der Kiste war, nicht zu erwähnen und sich stattdessen für Mirjam zu freuen. Die Sonne ging langsam unter und tauchte den Garten in ein goldenes Licht.

Hast du wieder vor arbeiten zu gehen?, fragte sie Eva.

Ja, schon. Aber eigentlich würde ich lieber mehr schreiben. Wenn ich schreibe, Eva setzte sich gerade hin, dann ist es, als würde ich für einen Moment meine Ängste vergessen. Ich kann sein, wer ich will. Ich kann selbstbewusst durch die Straßen gehen, ohne mich darum zu kümmern, was Andere denken, ich kann alle Erwartungen erfüllen, wenn ich das möchte.

Ja, das ist schon gut … Aber vielleicht würde dich auch ein Job auf andere Gedanken bringen? Ein echter Job.

Eva ließ die Hände, mit denen sie gerade noch in der Luft ihre Worte unterstrichen hatte, sinken. Die Luft kühlte merklich ab und Eva fröstelte. Mirjam schien nicht kalt zu sein.

Vermutlich hast du recht.

Ich verstehe dich. Aber es ist doch eigentlich mehr ein Hobby, oder nicht? Und ein Job mit geregelten Arbeitszeiten kann auch erfüllend sein. Ich zum Beispiel liebe meine Arbeit im Krankenhaus. Die Patienten geben mir so viel zurück, verstehst du? Vielleicht könntest du auch etwas Ähnliches finden? Vielleicht findest du Freude im Gespräch mit älteren Menschen oder könntest in einem Kindergarten eine Aufgabe übernehmen?

Eva verkrampfte sich. Sie mochte keine Kinder. Sie waren laut, lästig und man konnte sich nicht mit ihnen unterhalten.

Einen Patient kann man nicht mit einem Kind vergleichen … Aber ich denk drüber nach.

Mirjam zog nun auch ihre Jacke enger. Komm, lass uns reingehen, es wird langsam kalt hier draußen.

Eva nickte, da gab sie ihr Recht.

Ich spüre, wie sie nach mir greifen. Wie sie ihre hässlichen Arme nach mir ausstrecken und nach mir greifen. Ein Stück von mir, das ist es, was sie wollen. Sie zerren, sie zupfen und dann lachen sie, wenn sie ein Stück von mir herausgerissen haben. Es sind zu viele. Zu viele, die sich meiner zu bemächtigen versuchen. Ich kann mich gar nicht wehren. Sie fragen nicht um Erlaubnis, nein. Sie tun es einfach. Sie nehmen sich erst ein Stück von mir. Dann noch eins. Und noch eins. Ich wehre mich nicht mehr. Ich lass es geschehen. Ich sehe zu, wie sie sich bedienen, wie sie für die Stücke Schlange stehen, sich gegenseitig zur Seite stoßen, um vielleicht ein größeres zu bekommen. Seht zu, wie sie mich zerreißen. Seht zu, wie sie mich verschlingen. Seht zu und feuert sie an! Bis nichts mehr von mir übrig ist.

Der Schmerz über Mirjams Worte saß noch immer tief, auch wenn seit ihrem Besuch schon einige Wochen vergangen waren. Schweißperlen glitzerten auf Evas Stirn, als sie versuchte, sich zu konzentrieren. Einatmen, Faust nach vorne, ausatmen. Was sie beschäftigte, war nicht, dass Mirjam nicht an sie zu glauben schien. Einatmen, andere Faust nach vorne, mit Druck, ausatmen. Es war die Befürchtung, dass sie damit vielleicht Recht hatte. Einatmen, Fokus, ein Tritt, ausatmen. Aber wenn es denn so war, was für einen Grund hatte sie dann noch, jeden Tag aufzustehen? Einatmen, Fokus, ein weiterer Tritt, ausatmen. Lohnte es sich denn dann überhaupt noch? Eva wischte sich den Schweiß von der Stirn und setzte sich auf die Bank unter der Eiche. Erinnerungen an das Gespräch durchzuckten sie und ihr wurde schlecht. Die

Angst, die sie verspürte, die Angst vor einer schrecklichen Wahrheit, bereitete ihr Übelkeit. Sie stand auf und drehte sich von der Bank weg. Das half. Sie betrachtete ihren Garten und überlegte, wie sie sterben würde. Es gab Arten des Sterbens, die sie sich besser vorstellen konnte als andere. Niemals könnte sie sich erhängen oder sich vor einen Zug werfen, dafür war sie zu feige. Tabletten wären eine Option, aber einerseits wusste sie nicht, welche die erhoffte Wirkung tun würden, und andererseits würde es ihre Feigheit zeigen. Sie seufzte. Wenn man über das Sterben nachdenkt, kommt man nicht umhin sich zu fragen, wie eigentlich der Tod aussieht. Gab es einen Himmel? Oder nur ein unendliches Nichts? Hatte man noch die Möglichkeit, die Lebenden zu beobachten? Ihre Brust schnürte sich zu. War der Tod einsam? Einsamer als das Leben? War der Tod wie ein endloser Schlaf? Würde sie von den Monstern aus ihren Albträumen gequält werden? Sie hoffte nicht. Das Nachdenken über das Sterben fand sie angenehmer als das über den Tod. Vom Sterben gab es Berichte, Erfahrungswerte. Aber vom Tod? Ein unendliches Nichts, ein einfaches Ende der eigenen Existenz erfüllte sie mit Furcht. Sie wollte nicht weiter über den Tod nachdenken. Sie schloss die Augen und genoss die Sonne, die ihr aufs Gesicht schien. Ja, ihr Leben war gut wie es war. Es würde reichen. Es war nicht optimal, aber es genügte.

Ein schöner Tag heute, nicht wahr?

Evas Körper versteifte sich und sie drehte sich um. Da stand Aaron unter der Eiche und beobachtete sie.

Wie bist du reingekommen?

Durch's Gartentor.

Sie blickte zu dem verrosteten Eisentor und wieder zurück zu Aaron. Seine Locken glänzten wie Gold in der Sonne und er lächelte sie an.

Und was machst du hier?

Dich wiedersehen. Und du?

Ich dachte gerade über den Tod nach.

Aaron hörte auf zu lächeln. Warum?

Warum nicht?

Aaron beobachtete sie schweigend.

Weißt du, sagte Eva, wenn man über den Tod nachdenkt, dann bekommt man eine Perspektive. Das Leben gewinnt doch erst an Bedeutung, wenn einem bewusst wird, wie fragil es eigentlich ist. Wenn man darüber nachdenkt, wie es wäre, wenn's einem genommen wird. Es hilft mir dabei, die Dinge im rechten Licht zu sehen. Dann wird mir meist klar, ob ein Problem von Bedeutung ist oder ob es lediglich in meinem Geist aufgebauscht wird. Der Tod dient als Spiegel, der die Schönheit des Lebens deutlich macht. Solang ich diese Schönheit noch erkenne, muss ich mir keine Sorgen machen.

Aaron unterbrach sie nicht. Er hatte sich auf die Bank gesetzt und schwieg eine Weile.

Ich glaub, fuhr sie fort, es gibt zwei Arten von Menschen. Diejenigen, die über den Tod nachdenken, um den Sinn im Leben zu erkennen, und diejenigen, die das nicht tun. Die das nicht brauchen, weil sie von vornherein einen Sinn erkennen oder schlichtweg keinen brauchen.

Sie sprach nicht weiter, sondern setzte sich neben Aaron auf die Bank. Er schwieg noch immer. Sie wartete, sie mochte die Stille.

Stört es dich, wenn ich rauche?, fragte Aaron.

Eva schüttelte den Kopf. Ich rieche das gern.

Er zündete sich eine Zigarette an, nahm einen Zug.

Das ist ein interessanter Gedanke, sagte er dann. Bisher dachte ich immer, dass Menschen einfach aus Atomen bestehen. Überreste des Urknalls, sozusagen. Zum Großteil besteht der Mensch ja aus Wasserstoff, dem Element mit der geringsten Atommasse. Es besteht nur aus einem Proton und einem Neutron. Wenn man dem Schalenmodell glaubt, dann ist das Wasserstoffatom damit aber nicht zufrieden. Es sucht noch genau ein anderes Neutron.

Warum nur eins?

Weil in der ersten Schale, die dem Atomkern am nächsten ist, nur zwei Neutronen Platz haben. In der nächsten dann acht, dann achtzehn und so weiter. Ich dachte immer, Menschen sind wie Atome, deren Schalen nicht ganz voll sind. Dazu verdammt, immer zu suchen, bis sie die passenden Neutronen gefunden haben. In Form von Geld, Macht oder Besitz. Vielleicht in anderen Menschen.

Das klingt traurig.

Aaron nickte langsam. Das ist wahr. Aber ich denke, dass darin mehr Wahrheit steckt als in all den Ratgebern, die dir helfen sollen, den Sinn des Lebens zu finden. Das ist jedenfalls mein Eindruck.

Eva betrachtete Aaron, wollte ihn berühren, tat es aber nicht. Also glaubst du an gar nichts?

Aaron sah überrascht auf. Aber ja. Ich glaub an vieles. Ich glaub an einen Gott, aber ich halte mich für keinen Christ. Ich glaub auch an Selbstbestimmung und an Glück.

Widerspricht sich das nicht?

Vielleicht, ja. Er wiegte den Kopf und zog an seiner Zigarette. Für manche mag es nicht funktionieren. Aber für mich, für mich funktioniert es. Er zuckte die Schultern, es wirkte entschuldigend. Solang es mir hilft, einen Sinn darin zu sehen, was passiert, solang glaube ich daran. Und sobald man nach einem Sinn sucht, glaubt man doch auch an etwas, oder nicht? Ansonsten bräuchte man keinen Sinn im Leben. Dann wär das Leben selber genug.

Eva legte ihre Hand über seine. Er reagierte mit einem Lächeln und lehnte sich zurück. Er wirkte entspannt. Die Erinnerungen an Mirjams Worte, die Eva an diesen Ort geknüpft hatte, verblassten, wurden überschrieben. Mit jedem Augenblick, den sie im Halbschatten unter dem Baum mit Aaron an ihrer Seite verbrachte, entspannte sie sich mehr, vergaß ihre Furcht, ihre Befürchtungen.

Es ist normal, Angst zu haben, sagte Aaron jetzt. Wir haben alle Angst. Aber wir dürfen unsere Entscheidungen nicht aus Furcht treffen. Sondern wir müssen unsere eigenen Entscheidungen treffen, trotz der Angst. Wir müssen den Idealist in uns anerkennen. Er sah sie an, aus seinem Blick sprach eine leise Wehmut. Ich glaub aber, dass du das bereits weißt, Eva.

Sie senkte den Blick und betrachtete ihre Hände. Dann seine, von der Arbeit gezeichnet, groß, kräftig, eine heilende Sicherheit ausstrahlend im Kontrast zu den ihren, die noch unverbraucht und unsicher waren.

Ich hoffe, dass du Recht hast.

Aaron legte seine andere Hand über ihre.

Bestimmt.

Vorsichtig, da es mittlerweile in der Nacht so kalt wurde, dass sich schon Raureif bildete und es im Gras unerwartet glatt werden konnte, wagte sie sich den Trampelpfad hinunter, den man nur sah, wenn man wusste, dass er da war. Die Äste, überzogen von Eiskristallen, versperrten ihr des Öfteren den Weg und zwangen sie gelegentlich dazu, sich zu ducken, um unter ihnen hindurch gehen zu können, ohne dass die gefrorenen Wassertropfen auf sie herabfielen. Es war so kalt, dass sie ihren Atem als weiße Wolken vor ihrem Gesicht sehen konnte, doch ihr war nicht kalt. Dabei trug sie nur ein helles Sommerkleid.

Sie war schon ewig nicht mehr an diesem Ort gewesen. Es war schon seltsam, wie man manchmal die Abwesenheit bestimmter Dinge erst bemerkte, wenn sie einem plötzlich wieder nahe waren. Früher war sie oft hierhergekommen, mit ihrem besten Freund. Die Erinnerungen ließen Wehmut in ihr aufsteigen, wie ein unsichtbares Gewicht legte sie sich auf ihre Brust. Damals war alles noch so einfach gewesen. Sie war glücklich gewesen, ohne sich Gedanken darüber zu machen, warum, und ob sie es verdient hatte. Sie war es einfach gewesen. Es hatte keine Erwartungen gegeben, denen sie sich verpflichtet gefühlt hatte. Nichts, was ihre Lebensfreude hätte trüben können. Plötzlich empfand sie eine Sehnsucht nach einer Person, die es gar nicht mehr gab, nach ihrem Freund von damals, aber vor allem nach ihrem damaligen Selbst. Sie stapfte weiter, entschlossener, schob die Äste jetzt mit ihrem Arm beiseite, anstatt sich zu ducken, gab sich Mühe, das beklemmende Gefühl dieser Sehnsucht, die so schmerzte, wegzuatmen. Sie hatte keinen

Grund, Sehnsucht zu verspüren. Immerhin war sie auch heute glücklich. Mirjam war immer an ihrer Seite, und dann war da noch Aaron. Allein der Gedanke an ihn ließ sie kurz innehalten und lächeln. Sie hatte glücklich zu sein, es gab keinen Grund, es nicht zu sein. Also woher kam diese Sehnsucht, die sich mit jedem Schritt, den sie machte, in eine Form von Traurigkeit entwickelte?

Mittlerweile hatte sie das Ende des Weges erreicht und stand auf der Ebene, die sie damals mit kindlicher Begeisterung entdeckt hatten. Sie hatten sich an den Händen gehalten und waren bei jedem Geräusch zusammengezuckt. Hätten sie sich nicht gegenseitig festgehalten, wären sie vermutlich umgekehrt und nach Hause gerannt. Doch sie waren damals tapfer den Weg hinuntergeschritten und hatten diesen Ort entdeckt. Er war überwuchert von Blumen, Veilchen, Vergissmeinnicht, Nelken. Doch etwas passte nicht ins Bild. Sie blinzelte. Gerade eben war sie doch noch nicht hier gestanden, oder? Sie blinzelte erneut. Da war sie. Die Scheune, die inmitten der Blumen plötzlich aufgetaucht war. Ein dumpfes Gefühl des Verlusts machte sich in ihr breit, als sie das Ungetüm betrachtete, das die Landschaft entstellte. Dabei hatte sie nichts verloren. Sie hatte doch noch ihre Erinnerung, eine ungetrübte Erinnerung daran, wie es früher war.

Sie stapfte durch das frostige Gras und versuchte, die veränderte Landschaft wiederzuerkennen. Da waren die Blumen, doch sie wirkten mit einem Mal nicht mehr farbenfroh, sondern blass und künstlich.

Und dann sah sie ihn.

Er kauerte am nassen Boden vor der hässlichen Scheune. Vielleicht lag es an ihrem Schwermut, aber sie spürte neben ihrer Abneigung noch etwas anderes, Mitleid. Mitleid mit der so klein wirkenden, ja, beinahe gebrechlichen Person, die dort, unweit von ihr, am Boden saß.

Von einem Instinkt getrieben schritt sie langsam, aber entschlossen voran, bewegte sich in seine Richtung. Ging sie oder flog sie? Angst verspürte sie jedenfalls keine. Dennoch blieb sie in sicherer Entfernung vor Eden stehen. Er sah nicht auf, obwohl er sie bemerkt haben musste. Sie räusperte sich. Er sah sie noch immer nicht an, er wirkte, als würde er versuchen, sich kleiner zu machen, als er war, was ihn komisch wirken ließ. Sie sagte nichts, wartete einfach ab. Nach einer Weile sah Eden auf, er schien geweint zu haben.

Was machst du hier?, fragte er.

Sie zögerte. Wusste nicht mit der Situation umzugehen, in die sie sich selbst hineinmanövriert hatte.

Ich komm gern hierher … zum Nachdenken, antwortete sie ihm schließlich.

Er sah sie an, in seinen Augen glaubte sie eine uralte Traurigkeit zu erkennen.

Ich auch.

Seine Antwort störte sie. Das hier war ihr Ort, ihr Platz zum Nachdenken, ihre Erinnerung. Wie konnte er es wagen, diesen Ort für sich zu beanspruchen?

Sie runzelte die Stirn und war im Begriff sich abzuwenden, als er erneut die Stimme erhob.

Warte.

Sie hielt inne und wandte sich ihm, nach kurzem Zögern, wieder zu.

Wie kommst du damit klar?

Verwirrt sah sie ihn an, sagte aber nichts.

Mit der Verzweiflung und der Einsamkeit? Er stockte. Sie verfolgt mich. Sie macht, dass ich nachts nicht schlafen kann, und wenn ich schlafe, dann träume ich davon aufgefressen zu werden. Wie kannst du nachts noch schlafen? Wie kannst du am Abend die Augen schließen und in ein anderes Land hinübergleiten, wenn ich doch hier, auf dieser Seite, auf dich warte? So einsam und allein.

Seine Stimme brach und er sah sie so intensiv an, dass ihr gleichzeitig heiß und kalt wurde.

Was sollte sie dazu sagen?

Du schläfst, während ich wach bin und mir wünschte, schlafen zu können. Während du lachst und lebst, sitze ich hier und versuche nicht zu sterben, versuche zu überleben. Wie kannst du das rechtfertigen?

Sie wich einen Schritt zurück. Das war nicht gut. Was hatte sie sich nur dabei gedacht? Wieso war sie nicht weggelaufen? Warum war sie geblieben?

Du bist rein und unbefleckt, während ich feucht und schwer bin. Du denkst, dass du besser bist, dass ich dir unterlegen bin. Doch dein Weiß ist nicht so rein, wie du glaubst. Es ist trüb und befleckt, so wie dein Charakter. Und du machst sie alle glauben, dass ich es bin, der böse ist, dass ich es bin, dem man nicht trauen darf. Dabei bist es du, du allein!

Mit jedem Wort war er lauter geworden. Sein Blick war nicht mehr traurig, nein, von Traurigkeit war darin nichts mehr zu erkennen. Er verengte die Augen zu Schlitzen, als er sie mit seinem Blick fixierte.

Auf eine gewisse Weise hasse ich dich. Ich hasse dich mit jeder Faser dieses Körpers. Du machst mich zu dem, was ich bin. Weil du mir keinen Platz zum Leben lässt. Weil du mich ignorierst und abweist. Weil ich dir egal bin.

Er hielt inne.

Warum hast du kein bisschen, kein winziges bisschen Verständnis für mich?

Mit seinen schlaksigen Armen stützte er sich auf dem Boden ab und erhob sich, quälend langsam, als wäre er ein alter Mann. Sie konnte nur dastehen und ihn beobachten.

Aber den Anderen, denen läufst du nach. Die, die dich benutzen, wie es ihnen gefällt. Die dich neben sich nicht leben lassen, dich aussaugen, dir deine Momente stehlen!

Jetzt schrie er sie an, Speichel tropfte aus seinem Mundwinkel.

Sie sah ihn an und wusste nicht, ob er tatsächlich eine Antwort von ihr erwartete.

Natürlich interessier ich mich nicht für dich. Ich hasse dich! Du bist alles, was ich niemals sein wollte. Du zeigst mir, wie schwach ich bin, wie sehr ich auf die Anderen angewiesen bin.

Sie schrie ebenfalls. Irritiert zuckte er zurück.

Ich habe doch versucht, es dir zu sagen. Ich habe dir so viele Zeichen gegeben. Aber du hast mir einfach nicht zugehört. Warum hörst du mich nie? Warum erkennst du die Wahrheit nicht?

Er klang wieder ruhig. Als würde seine Stimmung auf sie abfärben, beruhigte auch sie sich. Er zündete sich eine Zigarette an und warf das Streichholz achtlos vor sich auf den Boden. Es glimmte noch. Automatisch machte Eva einen Schritt nach vorn, um die Glut zu löschen.

Warum gibst du dich immer so unnahbar, wie eine geisterhafte Präsenz? Du umgibst mich, verseuchst meine Umgebung und ich kann mich nicht wehren. Du entziehst dich mir, immer wieder. Ich bin einsam und du weißt es genau. Warum erkennst du nicht, dass wir zusammengehören?, sagte er so leise wie einen Gedanken.

Sie gehörten zusammen? Wie kam er darauf? Bevor sie noch ein Wort sagen konnte, machte er einen Satz nach vorn, packte sie an den Schultern und warf sie zu Boden.

Sie versuchte sich zu wehren, aber sein Gewicht wog schwer auf ihrer Brust, nahm ihr die Luft zum Atmen. Panik breitete sich in ihr aus, Panik davor, keine Luft mehr zu bekommen, aber auch davor, ihm hier vollkommen hilflos ausgeliefert zu sein.

Da du mir nicht zuhörst, muss ich mir Gehör verschaffen.

Sein Atem war heiß und stank nach Rauch, er wirkte fiebrig.

Du wirst mir Gefühle zugestehen müssen, du wirst erkennen, dass ich nicht einfach nach deiner Pfeife tanzen werde. Denn ich bin ein Mensch und als solcher habe ich auch eine gewisse Würde, die du mir bisher genommen hast.

Sie wand sich unter seinem eisernen Griff und fragte sich, woher er diese Kraft nahm. Er war nicht mehr dürr, wie noch Momente zuvor. Er war dick, regelrecht fett. Vielleicht war sie einfach nur zu schwach und zu klein. Sie ballte die Hände zu Fäusten und schlug nach ihm. Noch einmal. Und noch einmal. Er lachte und wurde größer, immer größer. Drückte fester zu. Ihr Blickfeld verengte sich. Wie ein Geist schwebte sie über ihrem Körper, betrachtete sich selbst, wie sie mit ihrem Sommerkleid auf dem feuchten Boden lag, Eden über ihr. Hässlich verrenkt und lachend. Mit einer Hand drückte er sie zu Boden.

Wehr dich doch! Wehr dich doch endlich!

Doch sie lag nur da, hatte die Augen geöffnet, sah sich selbst dabei zu, wie sie über ihrem Körper schwebte und zu lächeln begann.

Hör auf zu lachen und fang an zu kämpfen!

Doch sie lächelte nur weiter und schloss die Augen.

Wehr dich!

Sie schreckte hoch. Ihr war heiß und ihre Kehle fühlte sich trocken an. Sie versuchte zu schlucken, doch sie schaffte es nur zu husten. Zittrig stand sie auf und holte sich ein Glas Wasser. Noch immer atmete sie schwer, ihr Herzschlag wollte sich nicht beruhigen. Die Gefahr war nicht real. Die Angst war nur in ihrem Kopf. Sie war nicht real.

Mirjam und Eva saßen an einem kleinen, runden Tisch in einem Kaffeehaus in der Stadt. Es waren noch andere Leute da, deren Gespräche im Hintergrund als undeutliche Geräusche verwischten. Mirjam rührte in ihrem Kaffee, während Eva sich umsah. Die beiden Kellner, die hinter dem Tresen standen, unterhielten sich leise miteinander und warfen immer wieder einen Blick in ihre Richtung. Eva vermutete, dass sie über Mirjam sprachen. Es war ihr unangenehm und sie bereute, Mirjam nicht zu sich nach Hause eingeladen zu haben.

Ich weiß nicht, was ich tun soll, sagte Mirjam.

Eva richtete ihre Aufmerksamkeit wieder auf Mirjam, die noch immer in ihrem Kaffee rührte.

Noah ist … Er ist so einfühlsam. Und versteh mich nicht falsch. Das gefällt mir. Aber ich habe manchmal das Gefühl, dass er es übertreibt.

Eva machte einen zustimmenden Laut.

Er fragt so viel nach, er will immer so viel wissen. Und immer, wenn ich ihm etwas erzähle, was mich aufregt, dann hat er eine Lösung.

Sie schnippte mit den Fingern.

So schnell hat er eine Lösung. Das ist doch nicht normal.

Das ist doch gut, er will dir nur helfen, sagte Eva.

Mirjam schüttelte den Kopf.

Du verstehst nicht. Ich kann mich nicht einfach einmal über etwas ärgern, einfach einmal meinem Ärger Luft machen, sondern er will immer, dass wir uns hinsetzen und überlegen, wie wir das Problem lösen können. Dabei ist das Problem, dass ich keine Lösung haben will. Ich will einfach, dass er mir zuhört.

Eva nahm einen Schluck von ihrem Wasser und sagte nichts. Sie konnte Mirjams Standpunkt zwar verstehen, aber so ganz zustimmen konnte sie ihr nicht.

Vielleicht solltest du ihm das sagen?

Jetzt fang du nicht auch noch damit an.

Entschuldige, ich mein ja nur …

Und weißt du, was das Schlimmste ist? Er ist so verständnisvoll und ist immer auf meiner Seite. Er ist immer meiner Meinung. Ich habe manchmal das Gefühl, als würde ich mit mir selbst sprechen. Ich weiß auch nicht … Eigentlich sollte ich mich freuen. Er macht alles richtig. Er ist perfekt. Aber wer will schon einen perfekten Mann?

Eva wiegte den Kopf.

Dann ist er ja nicht perfekt. Allein die Tatsache, dass dich was stört, beweist ja, dass er nicht perfekt ist.

Mirjam überlegte kurz. Stimmt. Aber …

Sie seufzte.

Weißt du, Eva, ich bin mir nicht sicher, ob es mich nur stört, weil es mir eigentlich gefällt.

Wie meinst du das?

Na ja, es gefällt mir, dass er so ist, wenn ich ehrlich bin. Und das stört mich. Es stört mich, weil ich merke, dass ich immer mehr von ihm wissen will, weil es nichts gibt, das mich sagen lässt, dass es nicht funktioniert. Und das macht mir Angst.

Mirjam hatte nie Angst. Eva war irritiert und betrachtete sie mit neuem Interesse. Diese Seite hatte sie an ihrer Freundin noch nie gesehen.

Aber warum macht dir das Angst?

Weil es das erste Mal ist, dass ich Angst habe, dass er mich verlassen könnte. Dass ich es bin, die mehr Gefühle hat als er. Verstehst du das?

Eva schüttelte den Kopf und Mirjam seufzte.

Ich habe das Gefühl, dass ich abhängig werde. Und das ist nicht gut, das ist niemals gut für eine Beziehung. Ich habe das Gefühl, dass ich nicht mehr so gerne allein bin wie vorher.

Sie verstummte.

Aber das ist doch gut, warf Eva ein.

Nein, das ist es nicht. Ich will meine Freiheit nicht aufgeben. Ich will niemanden brauchen, der um mich kämpft. Das ist doch altmodisch. Und ich möchte nicht mit jemandem zusammen sein, nur damit ich nicht allein bin. Das ist doch … lächerlich.

Hast du Angst davor, allein zu sein?

Nein, bisher nicht. Ich mag meine Gesellschaft. Und ich habe noch nie einen anderen gebraucht, niemals. Und ich will nicht, dass sich das ändert. Denn das würde mich doch nur abhängig machen, oder? Und ich wäre nicht mehr so frei, wie ich es jetzt bin. Jedenfalls glaube ich nicht, dass ich Noah wiedersehen möchte.

Aber, Mirjam …

Eva, ich …

Mirjams Telefon klingelte. Entschuldige, da muss ich rangehen.

Sie stand auf und ging nach draußen, um zu telefonieren. Jetzt, da Mirjam fort war, fühlte sich das Kaffeehaus erdrückend an. Eva sah sich um und kaute auf ihrer Lippe. Beobachteten sie die Anderen? Sie glaubte, die Kellner miteinander sprechen zu sehen. Drehten sie sich zu ihr um? Sie senkte schnell den Blick und ihre Haare fielen ihr ins Gesicht, schützten sie vor den Blicken der Menschen um sie herum. Sie betrachtete ihre Finger, sie fühlten sich klamm und ungelenk an. Eva fuhr sich durch die Haare, und obwohl sie sie erst gestern gewaschen hatte, hatte sie das Gefühl, dass sie fettig waren. Sie wischte sich über die Stirn und schlug die Beine übereinander. Es fühlte sich unpassend an, doch sie änderte ihre Position nicht. Sie wollte einen Schluck von ihrem Wasser nehmen, doch das hatte sie bereits ausgetrunken. Peinlich berührt stellte sie das Glas wieder hin. Sollte sie sich noch etwas bestellen?

Unschlüssig sah sie sich um, aber die Kellner waren mit anderen Gästen beschäftigt. Sie hätte rufen oder aufstehen müssen, um ihre Aufmerksamkeit zu bekommen. Allein der Gedanke ließ Eva schwitzen und sie konzentrierte sich wieder auf das leere Glas, das vor ihr stand. Sie legte ihre Hände darum, inspizierte die Abdrücke, die sie darauf hinterließ. Sie begann Muster zu zeichnen, Linien, ein Kreuz, ein Herz. Jede Minute, die verging, fühlte sich endlos an. Das Glas war von ihren Fingerabdrücken bereits unappetitlich geworden, als Mirjam wieder zurückkam und sich auf ihren Platz setzte.

War das Noah?, fragte Eva.

Mirjam nickte und sah traurig aus. So hatte Eva sie noch nie gesehen. Sie berührte Mirjam sanft am Arm.

Komm, lass uns gehen.

Ich starre in den Abgrund. Er hat eine geheimnisvolle Anziehungskraft, der ich noch nicht nachgegeben habe. Aber ich merke, dass ich ihm nicht mehr lange standhalten werde können.

Ich wünschte, ich könnte meine Gefühle abstellen. Aber ich komme nicht gegen sie an. Die Verzweiflung, die sich schon seit einiger Zeit in meiner Brust eingenistet hat, will einfach nicht verschwinden. Inzwischen bin ich es leid, zu versuchen, die Verzweiflung loszuwerden. Sie ist ein Teil von mir. Und dieser Teil von mir scheint immer größer zu werden. Kann ich nicht einfach so sein wie die Anderen? Ich beneide sie. Diejenigen, die sich stundenlang mit Fremden unterhalten können, ohne dass ihnen jemand Unbehagen bereitet. Diejenigen, die immer die richtigen Worte finden und deren Namen sich jeder sofort merkt.

Aber ich habe ein Problem. Ich kann Menschen nicht leiden. An und für sich ist das auch nichts Schlechtes. Doch ich habe das Gefühl, dass mein Leben an mir vorbeizieht und ich ihm dabei zusehe. Ich bin am Leben und dann doch auch wieder nicht. Ich bin da, aber nicht wirklich. Ich kann nichts dagegen tun. Von daher rührt schließlich meine Verzweiflung. Und mit der Verzweiflung ist die Liebe zum Abgrund gekommen. Der Abgrund, der so endgültig vor mir aufklafft. Noch widerstehe ich. Aber ich weiß nicht, wie lange ich noch widerstehen kann. Oder will.

Sie wurde von einem penetranten Dauerklingeln der Türglocke geweckt. Müde schielte sie auf den Wecker neben ihrem Bett und fragte sich, wer die Frechheit besaß, um halb sieben Uhr morgens, an einem Samstag noch dazu, die Türglocke derart zu malträtieren. Sie zog sich die Bettdecke bis zu den Ohren hoch und hoffte, dass jemand anders aufstehen möge. Doch da war niemand außer ihr. Sie war allein und musste sich darum kümmern. Vielleicht würde der Idiot an der Tür aufgeben, wenn sie ihn ignorierte, oder? Zudem musste es draußen ziemlich kalt sein, dem eisigen Luftzug nach zu urteilen, der durch ihr gekipptes Fenster hereinkam und ihre Nasenspitze bereits hatte kalt werden lassen. Ihre Taktik ging auf. Die angenehme Stille wurde nur von dem Nachhall des Klingelns in ihren Ohren gestört, und das würde vergehen. Sie müsste nur abwarten. Auf einmal ein Knall. Was war das? Ein Schuss? Nein, dafür war es zu leise gewesen. Sie saß hellwach in ihrem Bett, atmete schwer und versuchte, sich zu beruhigen. Sie blickte zu einem ihrer Fenster, die Richtung Garten zeigten. Es musste in der Nacht geschneit haben, denn in den Ecken der Scheibe hatten sich bereits Eiskristalle gebildet, die jedoch nicht der Grund waren, warum sie ihre Aufmerksamkeit auf das Fenster richtete. In der Mitte war ein großer nasser Fleck, ein wenig Schnee klebte noch an der Scheibe, sodass sie teilweise nur verschwommen nach draußen sehen konnte. Sie riss das Fenster auf, bereit, ja, bereit wozu eigentlich? Zu schimpfen? Zu zetern? Eigentlich wollte sie so tun, als wäre sie nicht zu Hause. Immerhin wusste sie ja nicht, wer sich hinter ihrem Haus befand. Da stand sie nun, gut sichtbar im Fensterrahmen, für jeden potenziellen Angreifer deutlich erkennbar. Ihre Gedanken tanzten zwischen Ärger und Selbstkritik, und sie fragte sich, wie sie nur so unvorsichtig hatte sein können. Dann erkannte sie, wer dort unten im Garten stand, einen zweiten Schneeball in der Hand. Sie atmete auf, die Erleichterung ließ ihre Beine weich werden, sodass sie sich am Fensterbrett abstützen musste. Aaron trug ein schwarzes T-Shirt unter seiner offenen Winterjacke und stand in ihrem Garten. Es hatte tatsächlich geschneit. Er stand bis zu den Knöcheln in einer frischen, in der Morgensonne glänzenden Schneedecke. Ohne etwas zu sagen, sah sie ihn an und versuchte, die Situation einzuordnen.

Aaron legte den Kopf in den Nacken und sah zu ihr hinauf.

Na, endlich. Du hast vielleicht einen tiefen Schlaf.

Sie blinzelte. Was?

Ich möchte dir was zeigen, aber dazu müssen wir uns beeilen.

Da es mittlerweile kalt in ihrem Zimmer geworden war, bedeutete sie Aaron, zur Haustür zu kommen, und schloss das Fenster. Sie lief ins Bad, putzte sich die Zähne und warf im Vorbeigehen noch einen Blick in den alten, etwas trüben Spiegel, der im Gang stand. Sie zuckte zusammen. Der Kontrast zwischen ihr und Aaron wurde ihr schmerzhaft bewusst. Sie ging hinunter und öffnete die Tür. Kalte Luft strömte ihr entgegen. Automatisch zog sie die etwas zu große Jacke, die sie sich schnell übergezogen hatte, enger um ihre Brust. Sie war barfuß und das spürte sie jetzt. Aaron wartete gar nicht erst ab, dass sie ihn begrüßte, sondern ging auf sie zu und küsste sie. Sie spürte seine Hände, die ihren Rücken hinunter wanderten, während sie ihre Finger über seine Schulter auf seine Brust gleiten ließ und durch das dünne T-Shirt deutlich seine Muskeln spüren konnte.

Er grinste sie an.

Bist du bereit?

Wofür?

Willst du dich nicht überraschen lassen?

Nein, eigentlich nicht.

Aaron lachte, auch wenn es nicht lustig gewesen war.

Na gut. Ich möchte dir was zeigen, aber dafür müssen wir ein wenig wandern. Deshalb solltest du dich warm anziehen.

Sie zögerte einen Moment, bevor sie einen Schritt zur Seite machte, um ihn ins Haus zu lassen.

Ich geh nicht gern wandern.

Aaron sah sie skeptisch an. Warum nicht? Du hast

doch sogar ein Bild von dir und deinem Vater beim Wandern.

Er deutete auf die Bilder an der Wand, die sie schon seit Jahren nicht mehr bewusst angesehen hatte. Es stimmte. Sie hatte es gemocht. Doch seit sie allein in dem Haus wohnte und es niemanden mehr gab, der diese Leidenschaft mit ihr teilte, hatte sie damit aufgehört. Es war eines jener Dinge, die mit der Zeit verblasst waren, bis sie gar nicht mehr wusste, dass sie sie überhaupt einmal gemocht hatte. Sie fragte sich, was sie noch alles vergessen hatte, das sie als Kind genossen hatte. Oder hatte sie es verdrängt? Sie konnte es nicht mit Gewissheit sagen. Sie hatte früher auch gerne gelesen, aber irgendwie war ihr die Fähigkeit, sich für diese Dinge zu begeistern, abhandengekommen. Die Abwesenheit der Fähigkeit, sich für etwas begeistern zu können, hatte sie langweilig gemacht.

Wirst du mit mir kommen?, fragte Aaron.

Sie sah ihn an, überlegte, nickte, obwohl ihr die Begeisterung noch fehlte. Vielleicht würde sie noch kommen. Sie hoffte es wenigstens. Sie wies ihm den Weg in die Küche und machte sich auf die Suche nach ihren Wintersachen, zog sich an, kämmte sich die Haare und atmete einmal tief durch, bevor sie zurück in die Küche ging. Der Geruch von Kaffee lag in der Luft, und die Atmosphäre fühlte sich familiär an. Den Rücken zu ihr gewandt stand Aaron vor dem Fenster und blickte in Richtung des Gartens. Einen Moment ließ Eva die Szene auf sich wirken und stellte fest, wie vertraut sie ihr vorkam. Es war ein Bild der Schönheit, der Sicherheit und der Alltäglichkeit.

Ich habe dir Tee gekocht, sagte Aaron, ohne sich umzudrehen. Früchtetee magst du doch, oder?

Eva nickte, obwohl er es nicht sehen konnte. Sie nahm die Tasse, die auf dem Tisch stand, wärmte ihre kalten Finger daran. Aaron trank Kaffee und rauchte dazu eine Zigarette. Nachdem er fertig war, setzte er sich zu ihr. Dann fragte er erneut, ob sie bereit war.

Ja, lass uns gehen.

Sie gingen nach draußen, wo Aaron seinen Wagen geparkt hatte. Aaron öffnete die Beifahrertür. Sie war nervös und wischte sich die Hände an ihrer Hose ab, bevor Aaron einstieg. Sie griff unter ihre Jacke und zupfte an dem Oberteil, das sie darunter trug, herum. Sie bereute ihre Wahl, denn sie spürte, dass sie zu schwitzen begann. Warum sagte er nichts? Zumindest war Aaron nicht einer jener Menschen, die das Radio so leise drehten, dass man keine Möglichkeit mehr hatte, seine Gedanken von der schrecklichen Stille, in der nicht gesprochen wurde, abzulenken. Dabei schien Aaron die Stille zwischen ihnen nicht sonderlich zu stören, er klopfte im Takt der Musik auf das Lenkrad und zündete sich während des Fahrens eine weitere Zigarette an. Das Fenster hatte er dafür heruntergelassen. Seine Gelassenheit füllte das Auto aus, ihre Muskeln begannen sich zu entspannen. Sie schwitzte nicht mehr. Sie sah sich im Innenraum des Autos um. Ihr Blick fiel auf eine kleine runde Plakette aus Metall, das Relief eines Kopfes, mit mehreren Steinen in unterschiedlichen Farben am Rand. Er war rechts vom Lenkrad befestigt. Sie fragte ihn danach. Er antwortete nicht sofort. Dann erklärte er ihr, dass auf dem Plakette ein Schutzpatron, wofür weiß ich nicht mehr, eingraviert war. Er hatte ihn von seinem Vater bekommen, als er sich sein erstes Auto gekauft hatte. Er sollte ihn beschützen.

Er ist schön, sagte Eva.

Es ist nur Kristallglas, sagte er, obwohl sie ihn nicht danach gefragt hatte. Es ist eine Imitation. Also im Grunde nicht viel wert.

Find ich nicht. Es macht ihn zu etwas Besonderem.

Gedankenverloren nippte sie an dem Tee, den sie sich in eine Thermoskanne gefüllt hatte. Sie war nichts Besonderes, sondern Durchschnitt, doch wenn sie mit Aaron zusammen war, hatte sie sich noch nie durchschnittlich gefühlt. Er hatte ihr immer das Gefühl gegeben, besonders zu sein. Es war ein schönes Gefühl.

Die Fahrt dauerte nicht lange, sie erreichten bald einen Parkplatz und stiegen aus.

Ab hier müssen wir zu Fuß weiter, sagte Aaron.

Nebeneinander gingen sie durch einen Wald, der durch den frischen Schnee etwas Märchenhaftes ausstrahlte. Manchmal wurde der Weg schmaler und Aaron gab Eva den Vortritt, holte aber immer wieder zu ihr auf, sobald der Weg wieder breiter wurde. Die Steigung war anstrengend, aber schaffbar. Ich weiß nicht, wie lange sie durch den Wald gingen, vielleicht eine Stunde. Sie kamen an verschneiten Bäumen vorbei, die bald vor, bald neben und bald hinter ihnen aufragten. Die Schneedecke glitzerte in der Vormittagssonne wie tausende bunte Glasperlen, die jemand dort verloren hatte. Sie gingen noch eine Weile schweigend nebeneinander her, bis sie schließlich auf einer kleinen Lichtung ankamen. Sie sah sich um. Erst in diesem Moment, als sie die gegenüberliegende Bergkette wie eine ferne Mauer betrachten konnte, wurde ihr bewusst, wie hoch oben sie sich befinden mussten. Die Spitzen waren von einem Nebelkranz umgeben, unten im Tal musste es wohl gerade schneien, aber hier oben, über der Wolkendecke, schien die Sonne. Die Stille und Ruhe, die von den Bergen ausging, lösten in ihr ein Gefühl der Ehrfurcht und Demut aus.

Sie standen auf einem Plateau, dessen Schneedecke unberührt vor ihnen lag. Sie blickte in Richtung des Tals und spürte, wie klein sie doch war, im Vergleich zur Größe des Berges. Würde sie fallen, würde sie sterben. Das Spannungsverhältnis zwischen Gefahr und Ehrfurcht war fast mit den Händen greifbar. In diesem Moment wurde ihr klar, was das Pathetisch-Erhabene tatsächlich bedeutete, oder zumindest bedeuten konnte.

Ich bin hier oft mit meinem Vater hergekommen.

Das muss schön gewesen sein, sagte sie.

Ja, das war's.

Vielleicht war es die Wehmut in seiner Stimme, vielleicht war es aber auch die Art, wie seine Augen in die Ferne schweiften, die Eva nachdenklich stimmte. In seinen Worten schwang eine tiefe Zuneigung zu seinem Vater mit.

Mein Vater, sagte Aaron, er hat seine Familie immer über alles andere gestellt. Dabei hat er hart gearbeitet, härter als nötig.

Aarons Blick verdunkelte sich und sie spürte, dass er sich von ihr abwenden wollte. Ohne es bewusst zu wollen, streckte sie die Hand aus und hielt ihn fest, zwang ihn sanft, sie anzusehen.

Tagsüber war er ein Handwerker, mein Vater, der alles Mögliche reparierte, um etwas Geld zu verdienen. Aber das Geld reichte nicht. Und obwohl er müde gewesen sein musste, hatte er abends Sonderschichten in einer Fabrik übernommen, um mehr Geld für die Familie zu verdienen. Ich kann mich dran erinnern, wie er abends spät nach Hause kam, immer erschöpft, aber er hat sich nie beschwert. An den Wochenenden ging er mit uns wandern oder las uns alte Geschichten vor. Er tat alles für uns, um sicherzustellen, dass wir das hatten, was wir brauchten.

Aaron verzog das Gesicht. Das passte nicht zu ihm. Es ließ ihn älter wirken, als er war, und zeigte eine Seite, die sie von ihm nicht kannte und die sie erschreckte.

Als er an diesem Abend nach Hause kam, war ihm die Müdigkeit ins Gesicht geschrieben, er war erschöpfter als sonst, da bin ich mir sicher. Er kam noch zu mir ins Zimmer, er gab mir den Anhänger, der jetzt in meinem Wagen ist.

Es kam ihr so vor, als würde Aaron durch sie hindurchsehen. Es wirkte, als wäre er ganz woanders. Sie hatte das Gefühl, plötzlich allein zu sein. Obwohl er direkt neben ihr stand, hatte sie das Gefühl, einsam zu sein, und das machte ihr Angst. Sie hatte Hemmung, in sein Gesicht zu blicken, und wusste wenig zu sagen.

Aaron schluckte und sein Blick kehrte mit einem Ruck in die Gegenwart zurück. Seine Stimme war von Schmerz und Trauer erfüllt. Sie hätte ihn am liebsten umarmt, denn sie war nicht mehr allein. Er war wieder bei ihr. Aber etwas an der Art, wie er sie ansah, hielt sie davon ab.

Ich kann mich erinnern, dass es ungefähr zu der Zeit schon öfter zu Bränden gekommen war. Man sagte, dass jemand die Feuer legte, was weiß ich.

Seine Stimme hatte einen angewiderten Ton angenommen, welcher neu für sie war, und sein Gesichtsausdruck spiegelte die Abscheu, die in jedem seiner Worte mitschwang, wider.

Ich wurde vom Geschrei meiner Mutter geweckt, als sie in mein Zimmer kam, hustend von all dem Rauch. Ich merkte erst in diesem Moment, dass ich selber praktisch keine Luft mehr bekam, und folgte meiner Mutter durch die Rauchschwaden aus dem Haus in den Garten. Eigentlich war es ein Wunder, dass wir noch rechtzeitig aus dem Haus gekommen waren. Ich realisierte erst, wie sehr unser Haus brannte, als ich die Flammen aus jedem Fenster lodern sah und die Hitze auf meinem Gesicht spürte. Mein Vater, er war noch im Haus. Meine Mutter schrie verzweifelt seinen Namen. Sie schrie und schrie. Da kam er aus dem Haus und drehte sich um. Sah das Haus, wie es brannte, und mit ihm alles, wofür er gearbeitet hatte. Er kam auf uns zu, dann knickten seine Füße ein und er sackte in sich zusammen, noch bevor er uns erreichte. Wir liefen zu ihm, aber es war zu spät.

Eine Pause. Sie sagte nichts, obwohl sie sich wünschte, er würde aufhören zu erzählen.

Es tut mir leid, flüsterte sie.

Wein doch nicht.

Seine Stimme klang wieder zärtlich und er strich ihr sanft übers Haar.

Ich hätt es dir nicht erzählen sollen. Ich wollt dir den Tag heute nicht verderben.

Das hast du nicht.

Eine kleine Weile blieben sie so stehen. Es war wie ein Vakuum, zwischen Vergangenheit und Gegenwart. Die

Erinnerungen hingen in der Luft, doch sie schmerzten nicht mehr, denn sie waren zu zweit. Aaron war wieder Aaron und er hielt sie fest, obgleich eigentlich sie ihn hätte halten sollen. Die Gegenwart hatte noch nicht ganz begonnen, sie hatte noch keine Gelegenheit, sich in Erinnerungen zu verwandeln, die vielleicht irgendwann schmerzhaft sein würden.

Sie verbrachten noch einige Zeit auf der Lichtung, hinterließen die ersten Spuren im Schnee und erfreuten sich an der gegenseitigen Gesellschaft. Der Blick über die Landschaft war beeindruckend und sie teilten Momente der Stille, während ihre Gedanken von der unendlichen Weite verlangsamt wurden.

Hast du Hunger?

Aaron bot Eva einen Apfel an. Sie griff danach. Ein Apfel hier oben, das war schon etwas. Sie standen auf der Lichtung und sie aß seinen Apfel, mehr nicht. Sie und Aaron standen allein dort oben, die Natur und sie. Dann kam ein Wind auf, sonst nichts, Wind über der Lichtung. Nach einer Weile konnte ihre Jacke der Kälte nicht mehr standhalten und der Gedanke an ein wärmendes Feuer wurde immer drängender. Während sie bis auf die Knochen fror, schien er unbeeindruckt und trat näher an sie heran, um ihr etwas von seiner Wärme zu geben. Vermutlich wollte er nicht, dass sie es bemerkte, doch es fiel ihr auf. Es ist ein Bild, das sich mir bis heute eingebrannt hat. Er, der sie beschützte, und sie, die diesen Schutz nur allzu gerne annahm. Beschützer und Beschützte. Held und Opfer. Stark und schwach. Jedenfalls machten sie sich auf den Rückweg und bald waren sie wieder vor ihrem Haus angekommen.

Vielleicht war es nicht nur die Kälte, die sie dazu brachte, Aaron zu bitten, zu bleiben. Vielleicht war es auch die Dunkelheit der Nacht, die Erinnerungen an trostlose Abende erweckte. Oder vielleicht war es einfach die Tatsache, dass sie nicht allein sein wollte.

Du solltest die nassen Sachen ausziehen.

Hatte sie das gerade gesagt?

So? Ich soll mich also ausziehen?

Sie merkte, dass sie rot wurde, die Hitze in ihren Wangen war ebenso verräterisch wie lächerlich.

Na ja, sonst holst du dir noch eine Erkältung und …

Das wäre unverantwortlich, unterbrach er sie.

Ja … genau. Komm, ich zeig dir, wo das Bad ist.

Sie verdrängte ein aufsteigendes Gefühl von Scham und zeigte ihm das Badezimmer im ersten Stock, das sich neben ihrem Schlafzimmer befand. Sie gab ihm ein frisches Handtuch und verließ eilig den kleinen Raum, um nach Sachen für ihn zu suchen. Was sie allerdings noch mitbekam, war, wie Aaron sich sein Shirt über den Kopf zog und auf den Badezimmerboden fallen ließ. Sie schloss die Tür hinter ihm und lehnte sich kurz dagegen. Durch die Tür hörte sie, wie er das Wasser aufdrehte und dabei das Lied summte, das vorher noch im Radio gelaufen war. Es wäre so einfach. Die Tür zu öffnen und hineinzugehen. Aber was dann? Sie würde sich fehl am Platz fühlen. Mit Zurückweisungen hatte sie nie besonders gut umgehen können. Woran das lag? Ich weiß es nicht. So richtig verstanden habe ich es nie, ich empfinde es als Schwäche und es schmerzt mich, darüber zu schreiben. Aber es ist Teil des Prozesses, sagt Ayla. Ich glaube ihr. Sie fuhr sich durch die Haare und schloss für einen

Moment die Augen. Sie lächelte, konnte gar nicht anders. Und sie war bereit, den Moment zu genießen, solange er währte. Sie stieß sich von der Tür ab und ging in ihr Schlafzimmer. Dort suchte sie nach Kleidung, die Aaron passen könnte. Sie legte die Sachen säuberlich gefaltet auf ihr Bett und ging dann in die Küche. Im Kühlschrank fand sie noch Essen vom Vortag, fragt mich nicht, was es gewesen ist, jedenfalls ließ es sich gut aufwärmen. Keine zehn Minuten später kam Aaron nur mit einem Handtuch um die Hüften in die Küche. Sie musterte ihn eine Spur zu lange, bevor sie den Blick abwandte und auf die Kleidung in ihrem Zimmer hinwies. Er hätte es schon gesehen, sagte er, doch der Duft aus der Küche hätte ihn abgelenkt. Dann kam Aaron auch noch auf sie zu. Was machte er da? Was hatte er vor?

Außerdem wollten wir doch noch ein Feuer machen, oder?

Die Luft war aufgeladen. Sie schien zu knistern. Sie erwiderte seinen Blick, schwankte zwischen einem Gefühl der Erregung und der Scham. Spürte er ihre Scham? Konnte er sie erkennen? Würde er sie deshalb weniger attraktiv finden? Doch er lachte nur leise, drehte sich um und spazierte aus der Küche. Zurück blieb ein feiner Hauch seines Dufts, so schwach, dass sie glaubte, ihn sich einzubilden. Aber es ist passiert, ich kann es euch garantieren. Ich habe die Erinnerung vor mir, sie ist geradezu greifbar und so lebendig, wie nichts seit damals. Sie beobachtete Aaron im Wohnzimmer, wie er im Ofen ein Feuer machte. Aaron lehnte sich über einen Holzstapel, der neben dem Ofen lag, wobei Eva die Spannung in seinen Rückenmuskeln beobachtete. Mit scheinbar müheloser Leichtigkeit nahm er ein Stück Holz und legte es behutsam in die Flammen. Das Feuer flackerte kurz auf, bevor es sich langsam wieder beruhigte. Eine angenehme Wärme breitete sich aus, das Holz knisterte und die Flammen erweckten den Eindruck, als würden sie leben. Eva hielt ihren Blick immer noch auf Aaron gerichtet. Als er bemerkte, dass sie ihn ansah, lächelte er sie an. Ein paar Haarsträhnen hatten sich gelöst und waren ihm ins Gesicht gefallen. Eva erwiderte sein Lächeln. Aaron öffnete die Tür in den Garten, trat hinaus und zündete sich eine Zigarette an. Eva hingegen ging zurück in die Küche und packte gerade den stählernen Griff des großen, scharfen Küchenmessers, um etwas Brot aufzuschneiden, als sie einen kalten Schauer spürte. Das Küchenfenster war geöffnet. Warum war es offen? Sie legte das Messer wieder beiseite, ging zum Fenster und schloss es. Sie hielt kurz inne, eine Hand noch auf dem Griff des Fensters. Draußen war es dunkel und kalt. Schatten schienen sich in der Dunkelheit zu verstecken. Sie schloss grob das Fenster. Die Kälte prallte sichtbar gegen das Fenster, das Glas war aufgrund des Temperaturunterschieds sofort angelaufen. Ihre Hände begannen zu zittern, das Blut schien in ihren Adern zu gefrieren, während ihre Brust zu verbrennen schien. Sie konnte nicht hinsehen. Wollte nicht hinsehen. Als würde sie riskieren, mit einem Blick, einem schnellen, unschuldigen Blick, die Wahrheit zu erkennen. Je mehr die Fensterscheibe anlief, desto besser konnte man es erkennen. Das Herz, das jemand auf die Innenseite des Fensters gemalt hatte. Erst in Kombination mit der feuchten Wärme, die sie und Aaron ausstrahlten, war es sichtbar geworden. Und würde ebenso schnell wieder verschwinden, ohne dass es jemand bemerkte. Sie wandte den Blick ab, den sie trotz ihrer Abneigung auf die grotesk wirkende Zeichnung auf der Fensterscheibe gerichtet hatte. Sie ging zum Waschbecken, nahm einen Lappen und wischte über das Fenster. Einmal. Zweimal. Dreimal. Mit jedem Wischen entfernte sie nicht nur die Spuren von Feuchtigkeit, sondern auch die Verbindung zwischen ihr und dem Herzen. Dann war es verschwunden. Und mit ihm die Kälte von draußen.

Sie ging zurück zum Tisch, nahm das Messer, schnitt das restliche Brot auf und wartete, bis Aaron fertig war. Gemeinsam aßen sie die Reste mit dem Brot, tranken Tee. Er erzählte ihr, wie er zu seinem Job gekommen war und dass er die Arbeit gern tat. Was hatte er nur gearbeitet? Ich kann mich beim besten Willen nicht daran erinnern. Vielleicht war er Maler? Oder Tischler? Vielleicht war er aber auch Schlosser. Sucht euch etwas davon aus, es macht keinen Unterschied, sonst hätte ich es mir gemerkt. Kurz gesagt war es der Abend, der auf diesen Tag folgte, der Abschluss, der den Tag so unvergesslich machen sollte. Nachdem beide satt waren, ging Eva nach oben, um auch zu duschen. Das warme Wasser beruhigte sie. Jetzt, wo sie nackt und allein unter der Dusche stand, merkte sie, dass sie nervöser war, als sie es zugeben wollte. Warum schienen ihre Gedanken und Gefühle nicht im Einklang zu sein? Sie mochte das Gefühl der Machtlosigkeit nicht, es beschämte sie. Es war, als hätten ihr Körper und auch Teile ihres Geistes ein Eigenleben, das sie nicht steuern konnte. So war sie den Reaktionen ihres Körpers ausgeliefert, wenn sie die Röte in ihrem Gesicht nicht vertreiben konnte oder wenn ihre Unsicherheit verhinderte, dass sie klar denken konnte. Ging es anderen Menschen ähnlich? Oder war sie allein mit diesen Lebensrealitäten? Vermutlich nicht. Sie sah sich um. Natürlich. Sie hatte keine Sachen zum Anziehen mitgenommen. Aus Versehen oder doch aus Absicht? Sie wickelte sich in das Handtuch und ging wieder hinunter. Aaron stand mit dem Rücken zu ihr vor dem Fenster, das Feuer knisterte im Kamin. Sie betrachtete ihn kurz und ging dann langsam auf ihn zu. Er musste sie gehört haben, doch er blieb vor dem Fenster stehen. Sie berührte ihn an der Schulter, damit er sich zu ihr umdrehte. Sie legte ihre Hände an seine Wangen und zog ihn zu sich herunter, bis sich ihre Lippen berührten.

Eva.

Ihr Name aus seinem Mund gefiel ihr.

Weißt du, sagte sie, als ich klein war, hatte ich nicht viele Freunde … Versteh mich nicht falsch, das war nicht schlimm. Denn ich war nie allein. Ich hatte einen guten Freund. Wir machten alles zusammen. Und er zeigte mir, dass nichts verkehrt daran ist, wenn man anders ist. Wenn man nicht so ganz dazupasst. Es wird immer jemanden geben, der einen Idealist nicht mag. Das ist normal, hat er immer gesagt. Aber … solang man jemand hat, der dieses Anderssein auch gut findet, ist es nicht schlimm. Es ist sogar was Besonderes.

Aaron schien nicht ganz zu verstehen, worauf sie hinauswollte.

Was ich sagen will, ist, dass du mir dieses Gefühl von damals gibst. Ich weiß nicht, ob das Sinn macht. Aber mit dir habe ich das Gefühl, ganz ich selber sein zu können.

Jetzt lächelte er.

Was ist mit deinem Freund passiert?, fragte er.

Er ist weggezogen.

Ihre Hände schoben sich unter seinen Pullover und berührten seine harten Bauchmuskeln. Aaron sog scharf die Luft ein und machte Anstalten, sich von ihr zu lösen. Aber sie hielt ihn davon ab. Alles, was sie in diesem Augenblick empfand, war ein ihr fremdes Gefühl von unerschütterlichem Vertrauen. So wie früher. Mit einer Handbewegung zog sie ihm den Pullover über den Kopf und löste dann den Knoten ihres Handtuchs. Nun stand sie vor ihm, nackt, mit all den Narben, die ihren Körper zeichneten und ohne Möglichkeit, sich irgendwo zu verstecken. Sie lieferte sich ihm aus, hoffte, dass er sie nicht zurückweisen würde. Hoffen, mehr konnte sie nicht tun. Aaron betrachtete sie. Er hob eine Hand, fuhr über ihr Schlüsselbein, verweilte kurz über der Brandwunde. Er sah sie an, sagte nichts. Seine Hand strich über ihre Haut, berührte vorsichtig die Narbe über ihrer rechten Brust.

Tut's noch weh?, fragte er.

Sie schüttelte den Kopf. Sie wollte, dass er sie weiter berührte. Ihre Finger erkundeten alles an ihm, seine Brust, seine Arme, den Bereich über dem Bund seiner Hose. Sie spürte die Wärme, die er ausstrahlte, die ihr etwas von seiner Lebendigkeit einhauchte und ihren gesamten Körper beeinflusste. Durch ihn erlebte sie, was Liebe bedeutete, geistige und körperliche. Sie musste nicht darüber nachdenken, ihr Körper wusste, was er tat. In diesem Moment fragte sie nicht nach, dachte nicht nach. Sie tat es einfach und sah ihn dabei an.

Aaron berührte sie, wie es noch nie jemand vor ihm getan hatte. Er sah sie an, als wäre sie das Wertvollste, das er je in den Händen gehalten hatte. Sie sog seinen Geruch nach Veilchen in sich auf und ließ ihn ganz in sich hinein. Sie verschmolzen, wurden eins, seine Erregung wurde ihre Erregung, seine Lust war ihre Lust, bis zum Höhepunkt. Die ganze Zeit über hatte sie die Augen geöffnet, weil sie befürchtete, wenn sie die Augen auch nur für einen Moment schloss, würde er verschwinden. Und sie würde merken, dass alles nur ein Traum gewesen war. Und sie nach wie vor allein war. Mit niemandem, der seine Wärme mit ihr teilte.

Es war kurz vor Mitternacht und sie drehte sich von einer Seite auf die andere, fand aber keine Position, in der sie zur Ruhe gekommen wäre. Im Vergleich dazu sind meine Nächte heute wesentlich ruhiger und entspannter. Wahrscheinlich hat es etwas mit Akzeptanz zu tun. Resignierend drehte sie sich auf den Rücken und starrte an die Decke. Aaron lag neben ihr, seine Atemzüge waren tief und regelmäßig. Sein Brustkorb hob und senkte sich in einem meditativen Rhythmus. Doch dieser Anblick, so schön sie ihn eigentlich auch hätte finden sollen, schaffte es nicht, sie zu beruhigen. Im Gegenteil. Sie merkte, wie sich ihre Gedanken sich immer weniger kontrollieren ließen und aus den dunklen Ecken ihres Bewusstseins ihre ganz persönlichen Dämonen hervorgekrochen kamen. Sie war nie allein, ihre Dämonen waren ihre Begleiter, besonders wenn sie ihre Augen schloss. Dann wurden die Dämonen beängstigender und waren ihr näher als sonst. Also ließ sie die Augen geöffnet, griff nach ihrem Tagebuch und begann zu schreiben.

Dieser Moment, wenn du noch bei mir bist,

vollkommen, mit all deinen Sinnen, mit deinem ganzen Bewusstsein. Dieser Moment, er geht so furchtbar schnell vorbei, ist einer meiner liebsten. Vielleicht, weil er so kurzweilig ist, vielleicht, weil er stets das Letzte ist, was ich von dir habe. Das Gefühl, kurz bevor du schläfst, gibt mir Geborgenheit. Man möchte fast sagen, Sicherheit.

Doch nur fast. Denn ich weiß auch, was danach kommt. Nachdem dieser eine, dieser schöne Moment vorüber ist. Denn dann beginnt meine Qual. Meine Einsamkeit.

Es mag dramatisch klingen, nahezu übertrieben. Aber sagt mir, was ist nicht dramatisch und übertrieben, wenn man nachts nur für sich allein ist? Niemand anderen hat, dessen Gedanken sich in den Weg der eigenen stellen könnten? Was dann?

Ich kann es euch sagen. Zumindest, was in meinem spezifischen Fall eintritt. Nämlich ein leises Gefühl der Verzweiflung. All die positiven Gefühle, die noch einen Moment vorher da waren, scheinen wie weggeblasen. Denn ich weiß, ich bin allein.

So allein, wie ich niemals, den ganzen Tag über nicht, gewesen bin. Ich bin einsam, wenn ich neben dir im Bett liege, ich finde keinen Trost in deinen regelmäßigen Atemzügen, die mich eigentlich beruhigen sollten. Vielleicht liegt es daran, dass ich die meinigen leid bin? Ich kann es nicht sagen. Jeder Tag ist ein Kampf, während ich mich bemühe, mich selbst davon zu überzeugen, dass dieses Mal anders sein wird, dass das Positive das Negative aufwiegt. Doch in dem Augenblick, in welchem du mich verlässt und in eine andere, in eine schönere Welt eintauchst, fühle ich mich verloren. Vielleicht liegt es auch daran, dass es für mich keine wunderbare Traumwelt gibt, in die ich mich flüchten könnte. Ich weiß, was mich erwartet. Und es ist nichts, worüber ich am nächsten Morgen traurig bin, dass ich es vergessen habe. Auch wenn ich es nicht mehr im Bewusstsein habe, so ist mir doch, tief im Inneren, klar, dass es besser ist, sich nicht zu erinnern. Daran, was auf der anderen Seite auf mich wartet. Was mich verfolgt.

Der schönste Schlaf ist nämlich der, an den ich mich nicht erinnern kann. Wann war es, dass ich das letzte Mal erholt aufgewacht bin? Es muss in meiner Kindheit gewesen sein. Ich hatte eine schöne Kindheit, eine erfüllte Kindheit. Kein Vergleich zu dir. Jedes Mal zerreißt es mein Herz ein wenig mehr, wenn du mir von der deinigen erzählst. Weil ich weiß, wie ungerecht es ist. Und dennoch liege ich hier, wach, aus Angst vor dem, was mich im Schlaf erwartet, mit dir neben mir, der schon vor einiger Zeit in eine andere Welt versunken ist.

Eine mir fremde Welt.

Friedlich siehst du aus. Während du schläfst. Ob du das auch bist? Ich würde es dich gerne fragen, doch ich will den von mir inszenierten Frieden nicht stören. Es ist schmerzhaft schön, dir beim Schlafen zuzusehen, obwohl ich selbst keine Ruhe finde. Ich würde gerne zu dir kommen, in deine Welt. Eine Welt, die mir so friedlich erscheint. Aber auch wenn sie das nicht ist, wenigstens wären wir dort gemeinsam. Es wäre nicht wie hier, wo ich allein gegen mich selbst kämpfen muss. Jeden Abend, jede Nacht muss ich gegen meinen eigenen Geist kämpfen, gegen das Gefühl, so einsam zu sein, dass nicht einmal ein warmer, atmender Körper neben mir mich vom Gegenteil überzeugen kann.

Nach der Einsamkeit, nicht unbedingt lange danach, stellt sich dann meist eine Form der Verzweiflung ein. Es gibt Abende, da sehne ich sie regelrecht herbei – denn die Verzweiflung birgt, aus der Natur ihres Wesens heraus, noch etwas anderes. Hoffnung. Das mag dir jetzt vielleicht bizarr erscheinen, doch es ist tatsächlich so. Die Verzweiflung, die ich in diesem Moment verspüre, nachdem die Einsamkeit vorübergezogen ist und du noch immer in regelmäßigen Abständen ein- und ausatmest, schenkt mir eine neue Hoffnung. Dass es nicht ewig dauern wird. Die Nacht wird vorübergehen, wie alle bisherigen und alle kommenden Nächte. Die Verzweiflung, die sich rein auf das Nichtendenwollende bezieht, hat keine Kraft mehr, denn ich weiß, dass alles ein Ende hat. Manches früher als das Andere. Und das ist gut so. Es soll so sein. Zumindest ist das die einzig brauchbare Erklärung, die ich mir in diesem Moment geben kann. Mein Leiden besteht rein zu dem Zweck, dass es eines Tages aufhört. Besser früher als später, da muss ich ehrlich sein, aber es wird aufhören. Und das ist die Hoffnung, die ich habe, wenn du neben mir schläfst.

Die Hoffnung, dass alles endlich ist, dass du gut aufgehoben bist, aber ich dennoch nie wieder in meine Albtraumwelt zurückkehren muss. Dass ich in absehbarer Zeit, so hoffe ich doch, ohne den Ballast, den ich gar nicht haben dürfte und für dessen Existenz ich mich zutiefst schäme, leben oder besser existieren kann.

Aber wir werden sehen. Noch liege ich neben dir, die Verzweiflung in mir, aber mit einem Hoffnungsschimmer, dass es vielleicht das letzte Mal sein wird. Das letzte Mal, dass ich diese mir vertraut gewordene Verzweiflung verspüren soll. Und wenn nicht, dann spekuliere ich noch immer auf den nächsten Tag.

Sie hielt kurz inne und warf einen Blick auf Aaron, der noch immer tief und fest schlief. Während du schläfst, schrieb sie darüber und legte den Stift beiseite. Zufrieden. Sie hatte ihre Dämonen wieder zurückgedrängt, zurück in die dunklen Ecken ihres Geistes. Es war mitten in der Nacht, sie lag in ihrem Bett, hellwach, hielt ihren Stift umklammert. Und doch war sie so glücklich, wie sie glaubte, noch nie in ihrem Leben gewesen zu sein, und vermutete, dass sie auch nie wieder so glücklich sein würde. Sie hatte das Gefühl, als würde sie in ihre ganz persönliche Geschichte hineingezogen werden. Und dieses Gefühl löste in ihr eine Wärme, ein Gefühl der euphorischen Berauschtheit aus, die ich so nie wieder an ihr gesehen habe. Es war ein Gefühl, als würde sich von nun an alles zum Guten wenden.

Sie merkte nicht, dass er einsam war.

Er war zu lange ignoriert worden, dass er mittlerweile leer war. Eine Hülle. Nur manchmal empfand er auch etwas. Hass. Hass auf die Menschen, die ihn nicht lieben konnten. Hass auf die Dinge, die er nicht ändern konnte. Hass auf sich selbst. Dieser Hass nahm einmal zu, einmal ab. In letzter Zeit schien er jedoch allgegenwärtig zu sein, sein ständiger Begleiter. Und es brauchte nicht viel, um diesen Hass unter seiner Schicht aus Selbstbeherrschung zu wecken und ihn dann wie ein giftiges Gas ausströmen zu lassen. Und diese Schicht wurde mit jedem unkontrollierten Ausbruch, jedem Versuch, die Wut zu unterdrücken, dünner. Immer dünner. Unaufhaltsam. Es würde der Moment kommen, wenn alles zu viel wurde. Wenn die Schicht so dünn geworden war, dass sie zerbrach. Zersplitterte, in tausend Scherben. Ohne jegliche Möglichkeit von Kontrolle. Und dann wäre er endlich frei und würde sich nehmen, was ihm zustand.

Der Krankenhausaufzug war langsam. Neben ihr standen zwei Frauen, die laut miteinander sprachen. Eigentlich diskutierten. Worüber? Es muss etwas Langweiliges gewesen sein. Alles, was mir in Erinnerung geblieben ist, war die Oberflächlichkeit und die Ignoranz, welche die beiden ausstrahlten. Endlich ertönte das Geräusch des Aufzugs, das signalisierte, dass sie im richtigen Stockwerk angekommen war. Mit einer gemurmelten Verabschiedung schob sie sich grob an ihnen vorbei und sah sich um. Sie stand in einem hell erleuchteten Gang, an dessen Ende sich eine Tür mit kleinen, runden Gucklöchern aus Milchglas befand. Vermutlich der Zugang zur Intensivstation? Unbewusst nahm sie wahr, dass sich die Aufzugtüren hinter ihr schlossen und der Lift sich wieder in Bewegung setzte. Jetzt war sie allein. Das Taubheitsgefühl, das sich seit der Nachricht in ihren Fingerspitzen eingenistet und mittlerweile auch ihren Kopf und ihren Geist verseucht hatte, ließ sie alles distanzierter wahrnehmen. Das war auch gut so, denn sonst wäre sie vielleicht zerbrochen. Etwa eine Woche war vergangen, seitdem Aaron die Nacht mit ihr verbracht hatte. Diese Woche hatte sie zu glücklich gestimmt, hatte sie zu viel Freude spüren lassen, sodass ihr bereits eine Stimme gesagt hatte, dass dieses Glück trügerisch war. Dass das Glück zu groß war, um von der Realität verschont zu bleiben. Sie hatte nicht bemerkt, dass sie losgelaufen war, bis sie vor der automatischen Schiebetür stehen bleiben musste, um zu warten, bis sich die Türen geöffnet hatten. Ihre Finger zitterten und Schweiß bildete sich auf ihren Handflächen. Aaron war am Vorabend nicht nach Hause gekommen. Er hatte am Straßenrand gelegen, nahe bei seinem Zuhause, so nahe, dass man es eigentlich hätte hören müssen. Dort, wo das Licht der letzten Straßenlaterne gerade nicht mehr hinreichte. Hätte ihn nicht zufällig ein Fußgänger gefunden, wäre er vermutlich erfroren. Und der Autofahrer, der ihn halbtot gefahren und dort liegen gelassen hatte, war verschwunden. Sie erkundigte sich bei einer freundlich aussehenden Krankenschwester, wo sie Aaron finden konnte.

Geradeaus, den Gang hinunter, vorletzte Tür rechts.

Sie bedankte sich und folgte der Beschreibung, bis sie vor einer Tür stand. Sie konnte sich nicht überwinden, hineinzugehen. Die Tür schien ein unüberwindbares Hindernis für sie zu sein. Vielleicht lag es daran, dass sie noch nicht bereit war, sich dem zu stellen, was sie dahinter erwartete. In ihrer Vorstellung sah sie ihn dort liegen, bewusstlos, über und über mit diesen grässlichen Krankenhausverbänden zugepflastert. Diese Bilder ließen sich nur schwer aus ihrem Kopf vertreiben. Sie atmete ein und versuchte, das Zittern ihrer Hände zu unterdrücken. Dann öffnete sie die Tür, leise und unauffällig. Es war ruhig im Raum. Man hörte nur das regelmäßige Piepsen, das sie letztes Mal als störend empfunden hatte und das jetzt, da sie eine andere Perspektive eingenommen hatte, Sicherheit ausstrahlte, denn es bedeutete Leben. Jedes Piepsen bedeutete einen Herzschlag mehr, einen Beweis dafür, dass Aaron nicht tot war. Aaron lag da und schien zu schlafen. Sein Gesicht, das sonst so viel Lebensfreude ausstrahlte, war jetzt blass und an der Stirn mit weißem Mull verbunden. Seine Lippe war aufgeplatzt und ein Arm war einbandagiert. Immer wieder sagte sie sich, was für ein Glück er hatte und dass alles wieder gut werden würde. Es würde alles gut werden. Es würde alles gut werden. Langsam trat sie näher an ihn heran und streckte die Hand aus, um sein Gesicht zu berühren, ließ sie dann aber wieder sinken. Er wirkte zerbrechlich, wie ein hauchdünnes Weinglas, das man sich nicht zu berühren traute. Sie lächelte halb, weil sie niemals gedacht hätte, ihn einmal so zu beschreiben. Selbstbewusst, stark, faszinierend und dabei so unglaublich verwirrend, das schon, das passte zu ihm. Aber nicht zerbrechlich. Sogar jetzt, so wie er im Moment dalag, strahlte er Ruhe und Beständigkeit aus, was sie gleich wieder in ihren Bann zog und sie vor dem Kreislauf ihrer Gedanken rettete.

Vorsichtig ließ sie sich auf der Bettkante nieder, sorgsam darauf bedacht, keinen der Schläuche abzuklemmen. Als sie ihn so daliegen sah, musste sie sich abwenden. Sie spürte, wie ihre Augen zu brennen begannen, aber sie wollte nicht weinen. Sie ballte die Hände zu Fäusten und biss sich auf die Lippe. Der physische Schmerz lenkte davon ab, was in ihrem Inneren passierte. Solche Situationen waren ihr unangenehm, sie kam sich fehl am Platz vor.

Du siehst aus, als wär jemand gestorben.

Aaron blinzelte sie müde an. Zwar war er noch immer blass und seine Schmerzen waren deutlich sichtbar in seinem Gesicht zu lesen, doch er wirkte nicht mehr zerbrechlich oder schwach. Ihr wurde bewusst, dass er das nie gewesen war. Dort, wo sie aus lauter Scherben bestand, war er ein Mosaik. Das Leben hatte Spuren hinterlassen, aber bei wem hatte es das nicht? Aber Aaron hatte die Scherben genommen und sie neu zusammengesetzt. Am Ende war er schöner als je zuvor. Er nahm ihre Hand in seine, öffnete ihre Faust sanft mit seinen Fingern. Sie betrachtete ihn. Ihr Kopf war leer, alles, was sie ihm hatte sagen wollen, war weg. Nichts war mehr da. Nur dieses Gefühl blieb, es war eine Reise der Selbstentdeckung, eine Quelle der Erneuerung, die die Grenzen von Zeit und Raum überschritt. Eine Quelle grenzenloser Freude und grenzenlosen Schmerzes, die jede Facette der menschlichen Existenz berührt und die Menschen zu Wachstum und Transformation antreibt. Ja, das war Liebe. Von ihren Gedanken erstaunt, sah sie ihn an. So, wie er war. Vollkommen in seiner ganz eigenen Unvollkommenheit. Und ihr wurde zum ersten Mal bewusst, was sie schon seit einiger Zeit vermutet hatte. Nämlich, dass sie mittlerweile einen Punkt überschritten hatte und es nun kein Zurück mehr gab. Sie liebte ihn. Sie lachte nicht und sie schämte sich auch nicht. Sie war ernst und wusste, dass es die Wahrheit war. Deshalb hob sie seine Hand an ihre Lippen. Die Berührung war eigentlich gar keine, sondern vielmehr ein Hauch. Die Sanftheit ihrer eigenen Bewegung befremdete sie. Aaron sah sie an, sein Blick war so intensiv, dass sie froh war, bereits zu sitzen. Er setzte an, etwas zu sagen, als sich die Zimmertür öffnete und ein junger Arzt mit weißem Kittel in den Raum trat.

So, Herr Hartmann, ich glaube, das war genug Aufregung für einen Tag. Die junge Dame kann Sie ja morgen wieder besuchen kommen.

Wie schrecklich belehrend er doch klang. Sie sagte nichts, obwohl sie kurz versucht war, eine Diskussion zu beginnen, einfach weil sie es konnte. Doch sie entschied sich dagegen. Also machte sie Anstalten aufzustehen, als Aaron sie mit mehr Kraft, als sie ihm im Moment zugetraut hätte, an der Hand packte und zu sich zurückzog, sodass sie beinahe auf ihn gefallen wäre. Er hob eine Hand an ihr Gesicht und ließ seine Finger über ihre Wange bis hinunter in ihren Nacken gleiten, bevor er sie küsste. Ihn schien es nicht zu stören, dass der Arzt ihnen dabei zusah. Auch ihr war es egal. Es war wie damals, auf dem Rummelplatz. Aaron verwandelte sie zu der Hauptfigur ihrer eigenen Geschichte, machte alle anderen zu passiv Lesenden. Er zeigte ihr, dass die Aussicht von den billigen Plätzen nicht mit der zu vergleichen war, die sie mit ihm an ihrer Seite, im Mittelpunkt der Geschichte, haben konnte. Und das war das Gefährliche daran, ich hätte eigentlich erkennen müssen, wie gefährlich das Ganze geworden war. Denn sie begann, dieses Gefühl zu genießen, und wollte nicht mehr zurück zu den Lesenden. Zurück auf die billigen Plätze.

Wir sehn uns morgen, sagte er.

Sie nickte.

Morgen.

Und dann fragen sich alle, weshalb ich nicht glücklich bin. Wie kann ich denn glücklich sein, wenn ich weiß, dass alles, was ich schätze und faszinierend im Leben finde, sie nur enttäuschen kann? Sie gibt mir die Schuld, ich weiß es ganz genau. Sie gibt mir die Schuld. Aber woran? Ich weiß nur, dass ich Schuld habe. Die Schuld, die sie nicht ertragen kann, weshalb sie sie mir gibt. Dabei wünsche ich mir nur einen Moment der Wertschätzung. Doch sie hört mir nicht zu, erkennt nur die eigene Schuld in mir wieder. Sie sieht mich nicht, sie hat mich nie gesehen. Wie soll ich ihr nur begreiflich machen, dass mir ein einziger Moment genügen würde, in welchem sie mir ihren Enthusiasmus schenkt? Dass ein Moment ihrer Aufmerksamkeit mir genügen würde, um endlich glücklich zu sein?

Sie saß auf einem spärlich gepolsterten Krankenhausstuhl neben Aaron am Bett, mit einem Buch im Schoß. Es fiel ihr schwer, sich länger als ein oder zwei Minuten auf das Buch zu konzentrieren. Unweigerlich schienen ihre Gedanken abzuschweifen. Erst begann sie, die Sommersprossen auf ihrem Handrücken zu zählen, dann glitt ihr Blick weiter zum Krankenbett, wo sie Aaron betrachtete, während er schlief. Es war noch nicht der nächste Morgen, sie hatte sich noch am selben Abend wieder in Aarons Zimmer geschlichen. Und jetzt saß sie da. Ein Buch im Schoß, was war das nochmal für eines? Vermutlich etwas, das sie nach außen hin intelligent wirken lassen würde, wofür sie sich nicht schämte, wenn man es sie lesen sah. Sie ertrug ihre eigenen Gedanken nicht mehr und entschied sich, etwas anderes zu tun. Sie nahm ihr

Tagebuch aus ihrer Tasche und begann darin zu schreiben.

Die Angst vor dem Ende ist unbestreitbar real. Sie kann einen davon abhalten, ein gutes Buch anzufangen, weil der Gedanke, dass es unweigerlich zu Ende geht, beunruhigend ist. Doch wie so oft ignorieren wir die Vernunft, die uns vor den bevorstehenden unappetitlichen, melancholischen Gefühlen warnt, die uns am Ende des letzten Satzes erwarten, und stürzen uns trotzdem in das Buch. Diese Angst ist besonders groß, wenn es sich um ein Buch handelt, das man schon einmal gelesen hat. Man erinnert sich noch an die Emotionen, die es auslöste, wie verlockend sich die vorgestellte Welt anfühlte und wie ernüchternd es war, aus ihr zu erwachen.

Dennoch scheine ich eine eigentümliche Vorliebe für ein solches Vergnügen zu haben, zumal ich mich häufig in Büchern verliere, bei denen ich die Gefühle, die Welt und die Wunder, die sie für mich bereithalten, genau kenne, und ich mich zunehmend mit der Angst vor ihrem möglichen Ende belaste. Vielleicht ist es eine Angst vor der Realität, vor der ein Buch nur begrenzt Zuflucht bieten kann, bevor man unweigerlich in sie zurückgestoßen wird.

Es ist das Schreiben, das uns einen Moment der Schwäche ermöglicht, einen Moment, in dem man der Realität entfliehen kann. Vielleicht ist die Angst vor dem Ende auch nur erträglich, wenn es sich dabei um ein Buch handelt? Denn alles hat ein Ende, nicht nur Bücher. Auch Freundschaften, Beziehungen oder das Leben. Kann es sein, dass die Angst vor dem Ende uns dazu verleitet, das Leben zu vorsichtig zu leben? Es nicht ganz auszukosten? Weil das Ende jederzeit auf uns warten könnte. Oder verhält es sich genau andersherum? Gewinnt unser Leben erst an Inhalt, wenn wir uns bewusst werden, wie schnell es vorbei sein kann? Vermutlich ist es eine Frage der Perspektive. Nutzen wir die Gelegenheiten, die uns das Leben bietet, nutzen wir unsere Träume, um sie zu verwirklichen, oder verpassen wir jede Chance aus Angst, zu versagen? Diese Angst vor dem Ende beeinflusst unser Leben. Und wir können entscheiden, ob wir es einen guten oder schlechten Einfluss sein lassen.

Eigentlich war ihr Tagebuch jener Ort, an dem sie ihre Gedanken und Emotionen festhalten konnte, doch während sie an Aarons Seite war, wollte das nicht funktionieren. Sie ertappte sich dabei, wie sie Aaron betrachtete, der friedlich schlief. Sie fragte sich, was währenddessen wohl in seinem Kopf vorging. Ob er Angst hatte zu sterben und ob er ihre Angst vor dem Ende teilen würde. Ihre Gedanken wurden unterbrochen, als die Tür leise geöffnet wurde und eine große, schmal gebaute Schwester eintrat. Sie schloss hastig ihr Tagebuch und legte es beiseite. Die Schwester ging an ihr vorbei und hantierte an den Schläuchen und Geräten herum.

Soll ich rausgehen?, fragte Eva, weil sie das Gefühl hatte, im Weg zu sein.

Sie war im Begriff aufzustehen, als die Schwester herumwirbelte und sie mit unheimlicher Kraft in den Stuhl zurückstieß und ihr eine Hand auf die Brust drückte. Nur, dass die Schwester gar keine Schwester war, überhaupt keine Frau.

Eden starrte sie mit weit aufgerissenen Augen an, die

teilweise von unnatürlich blondem Haar verdeckt wurden, einen Finger mahnend erhoben.

Ah-ah, ich würde nicht schreien. Ein kleiner Piks und dein dreckiger kleiner Freund hier wacht nie wieder auf.

Während er sprach, hatte er eine kleine Spritze aus der Tasche seines Kittels gezogen und hielt sie ihr vor das Gesicht. Sie wich vor ihm zurück, jedenfalls soweit es der Stuhl, auf dem er sie mit festem Griff hielt, zuließ. Sein Kopf schien im Verhältnis zu seinem Körper, der in dem Schwesternkittel geradezu schmächtig wirkte, etwas zu groß, wobei er nicht lächerlich wirkte. Im Gegenteil, er wirkte furchteinflößend. War er hässlicher geworden? Das Gesicht zu einer Fratze verzogen, und aus dem Mund drang ein Gestank, der sie würgen ließ. Was war das nur für ein Geruch? Sie spürte, wie er ihre Sinne vernebelte und sie in eine Welt jenseits der Realität gezogen wurde. Der Gestank aus seinem Mund verwandelte sich in einen süßlichen rosa Duft, von dem sie nicht genug zu bekommen schien. Sie fühlte, wie sich ihre Hand, die er noch immer festhielt, zu verändern begann. Ihre Haut wurde transparent, wie eine Glasscheibe, sie konnte durch ihre eigenen Handflächen hindurchsehen. Würde sie sterben? Es fühlte sich so an. Ein Kribbeln durchzog ihren Körper, als ob sie sich in eine andere Dimension bewegte. Die Zeit schien stillzustehen, während sie gefangen war zwischen Realität und Fantasie, zwischen Furcht und Faszination. Sie spürte, wie ihre Existenz zu verlöschen schien, während er sie weiterhin mit seinem Grinsen quälte. Sie wollte schreien, doch sie fand ihre Stimme nicht. Wo war sie nur hin? Sie musste sie suchen! Ohne Stimme würde sie Aaron garantiert verlassen, ohne Stimme war sie ein Krüppel.

Er wird dich niemals lieben, sagte er. Er ist Abschaum, dreckiger Abschaum. Er benutzt dich nur. Aber ich nicht. Ich nehme dich, wie du bist, auch wenn du ein Krüppel bist. Wir sind füreinander geschaffen. Er scheißt auf dich, wenn Eine um die Ecke kommt, die besser aussieht als du.

Sie hasste ihn, verachtete seine Ausdrucksweise, denn sie war ihm zuwider wie alles an ihm. Eva versuchte, sich zu befreien, doch ihre Hand war nun vollkommen durchscheinend und schien keine feste Substanz mehr zu haben. Ohne Stimme und ohne Hand würde Aaron sie nicht lieben können, Eden hatte Recht. Er würde sie verlassen. Eden grinste sie anzüglich an, nahm ihre Hand, wieso konnte er sie berühren?, und legte sie an seine Wange. Er schloss die Augen und stöhnte leise.

Du riechst so gut.

Seine Stimme zitterte vor Verlangen. Ihr Herz schlug unregelmäßig in ihren Ohren, war das ein zweiter Herzschlag, den sie hörte? Hatte sie zwei Herzen? Ihr Körper war gelähmt, vor Angst und Unglauben, dass das wirklich passierte. Hier. Im Krankenhaus. Und Aaron nur wenige Zentimeter entfernt. Er war in Gefahr. Auch wenn er sie niemals lieben konnte, durfte sie ihn nicht im Stich lassen. Sie durfte ihn nicht enttäuschen. Diese Gedanken ließen sie aus ihrer Starre erwachen. Ihre Hand war nicht mehr transparent, der Duft war wieder Gestank nach verdorbenem Fleisch. Sie entriss ihm ihre Hand.

Verschwinde von hier! Lass mich endlich in Ruhe.

Da war sie, ihre Stimme. Sie war zurückgekehrt. Eden zuckte zurück, offensichtlich überrascht von ihrer Reaktion, und wischte sich übers Gesicht. Hatte sie ihn angespuckt? Erstaunt betrachtete er seine feuchten Finger, dann sah er sie an. Wobei, im Grunde war es der nackte Wahnsinn, der sie aus seinen Augen ansah. Durch ihre respektlose Geste, in der all ihre Abscheu ihm gegenüber zum Ausdruck kam, hatte sie ihn so gereizt, dass der Wahnsinn nun die Oberhand hatte. Seine Augen waren geweitet, sein Gesicht hatte eine unheilvolle, dunkelrote Färbung angenommen. Seine Augen waren schwarz, die Pupillen geweitet, sodass man die Farbe seiner Augen nicht mehr erkennen konnte. Schweißperlen standen auf seiner Stirn und er atmete schwer. Sie konnte zusehen, wie sich eine Schweißperle löste, in Zeitlupe über seine Schläfe hinunterlief, seinen Hals entlang und in seinem Kragen verschwand. Regungslos stand er vor ihr und seine Augen zuckten hin und her bei dem Versuch, sie zu fixieren, was ihm nicht zu gelingen schien. Die Verzweiflung, ihm immer ausgeliefert zu sein, schnürte ihr die Kehle zu. Krampfhaft versuchte sie sich zu erinnern. Sie wusste es! Sie hatte es trainiert. Doch sie saß nur da, ihr Kopf war leer und keine Bewegungen, mit welchen sie sich aus dieser Situation hätte befreien können, kamen ihr in den Sinn. Arme und Beine fühlten sich so schwer an, dass sie sie nicht heben konnte. Waren sie aus Blei? Er zuckte mit dem Kopf und legte die Hände an seine Schläfen, als hätte er Kopfschmerzen.

Du bist selbst schuld. Du allein trägst die Verantwortung, sagte er.

Hektisch suchte er in den Taschen seines Kittels, bis

er eine abgebrochene Zigarette gefunden hatte. In einer Hand hielt er noch immer die Spritze, in der anderen die Zigarette. Er steckte sie sich in den Mund, suchte erneut in seinem Kittel, holte eine Packung Streichhölzer heraus und zündete sich die Zigarette an. Augenblicklich wurde sein Blick wieder scharf und er musterte sie wieder, mit der ganzen Intensität seines irren Blickes.

Du bist schuld, du undankbares Miststück.

Mit jedem Wort blies er ihr eine ekelhafte Rauchwolke ins Gesicht.

Es ist allein deine Schuld, dass wir jetzt hier sind.

Er bestätigte nur, was sie schon längst wusste. Eden spuckte ihr die Worte regelrecht entgegen, betonte dabei jedes einzelne Wort, die Zigarette hing in seinem Mund und ließ seine Worte undeutlich werden. Sie atmete gehetzt, sie atmete zu viel, zu schnell. Er packte die Spritze, wirbelte herum, holte aus … und hielt inne. Kaum einen Zentimeter über Aarons Brust, die sich noch immer regelmäßig hob und senkte. Er drehte den Kopf in ihre Richtung und sah sie mit verächtlich hochgezogenen Augenbrauen an. Alles in ihr schrie danach, ihn von Aaron weg zu zerren. Ihn nur irgendwie zu verletzen. Doch sie konnte nicht. Ihre Hände waren verkrampft, schmerzhaft an ihren Körper gepresst. Ihr Körper hielt sie gefangen, von ganz allein, ohne dass Eden sich bemühen musste. Sie hatte Mühe zu atmen, ihre Arme, Beine, sogar ihr Gesicht und ihr Mund schmerzten, ihr Körper schien ein einziger Krampf zu sein. Sie würde sich nie wieder bewegen können, sie wusste es. Sie war gefangen in ihrem Körper.

Er will dich mir wegnehmen. Das darf er nicht.

Kalter Schweiß trat ihr aus allen Poren. Sie versuchte sich zu bewegen, aussichtslos. Was war nur los mit ihr? Wo war ihre Stimme hin? Sie war wieder weg. Warum nur? Ihre Zunge fühlte sich dick an, wie ein Fremdkörper in ihrem Mund. Sie atmete flach, wenn sich noch ihre Lungen und ihr Herz verkrampften, war es vorbei. Irgendwie hoffte sie darauf. Was hätte sie für eine erlösende Ohnmacht gegeben? Nein! Dann hätte Aaron keine Chance. Sie war die Einzige, die ihm helfen konnte. Und sie war vollkommen hilflos. Sie wollte die Ironie der Situation aus ihren Gedanken schreien, auf ihn einschlagen, das unvermeidbare Ende, auf das sie zusteuerten, verhindern. Doch sie saß nur da, die Arme an ihren Körper gepresst, ohne eine Möglichkeit, der Starre ihres Körpers entfliehen zu können. Er betrachtete sie abschätzig und lachte hämisch, bevor er mit einer schnellen Bewegung die Spritze in Aarons Brust stieß.

Aaron bäumte sich auf, sein Gesicht war schmerzverzerrt. Er hatte den Mund zu einem Schrei geöffnet, doch in ihrem Kopf tönte nur Edens albtraumhaftes Gelächter. Der Raum begann sich zu drehen. Was hatte er nur getan? Das Herz drohte ihr aus der Brust zu springen, die Verzweiflung sie zu ersticken. Tränen liefen ihr über die Wangen, wenn sie nicht schreien, sich nicht bewegen konnte, dann konnte sie immerhin noch weinen. Am liebsten hätte sie den Blick von Aaron abgewandt, doch sie konnte nicht. Sie hatte es verdient, alles zu sehen, jedes einzelne, grausame Detail, dazu verdammt, sich für immer daran zu erinnern. Deshalb sah sie zu, wie Aaron in sich zusammenfiel und sich nicht mehr rührte, seine

Brust sich nicht mehr hob und nicht mehr senkte. Ihr Blick war verschleiert von den Tränen, die unaufhörlich zu fließen schienen. Verschwommen sah sie ihn auf sich zukommen. Ihren persönlichen Dämon, der andere an ihrer Stelle zu bestrafen schien.

Du bist schuld.

Du allein.

Sie schreckte hoch, als ihr Tagebuch, das von ihrem Schoß gerutscht war, mit einem Knall auf den Boden fiel. Sie rieb sich die Schläfen, während sie versuchte, sich zu beruhigen. Ein Traum. Es war nur ein Traum gewesen. In einem Anfall blinder Paranoia stürzte sie zu Aarons Bett und sah ihn dort liegen, ruhig schlafend und regelmäßig atmend. Zitternd ließ sie die Luft aus ihren Lungen entweichen, und bevor sie es verhindern konnte, spürte sie, wie ihr eine Träne über die Wange lief. Hastig wischte sie sich mit dem Handrücken übers Gesicht, erschrocken über ihre eigene Sentimentalität. Es war nur ein Traum. Es war nicht real. Die Angst war nicht real. Sie war nur in ihrem Kopf. Mit einem Mal fühlte sie sich schrecklich müde und sie ließ sich am Rand seines Bettes nieder und nahm seine Hand, in Gedanken sah sie noch immer seinen schmerzverzerrten Gesichtsausdruck. Es hatte sich so real angefühlt. So real. Dann dachte sie an Eden, sein gehässiges Gelächter und die Perücke. Warum waren nur die Albträume so realistisch und blieben im Gedächtnis hängen? Niemals die guten? Vielleicht hatte sie auch einfach keine guten. Sie stand auf und ging ins Bad, um sich eine Handvoll Wasser ins Gesicht zu spritzen. Sie hielt inne und betrachtete sich im Spiegel. Dunkle Ringe lagen unter ihren Augen und ließen sie noch blasser wirken als sonst. Frustriert wandte sie sich von ihrem Anblick ab und ihr Blick fiel auf einen eigenartigen Wollhaufen, der in der Dusche lag. Mit gerunzelter Stirn griff sie danach. Kaum hatte sie das Knäuel in die Hand genommen, erkannte sie, was es war. Wie ein heißes Stück Kohle ließ sie die Perücke fallen und wich zurück. Mit einem Schlag war die Angst wieder da. Ihr wurde übel und sie musste sich am Rand des Waschbeckens festhalten, um nicht den Halt zu verlieren. Schwarze Punkte tanzten vor ihren Augen. Sie öffnete den Mund zu einem lautlosen Schrei. Sie drehte sich um, sah ihr Spiegelbild, konnte den Anblick nicht ertragen, noch weniger als zuvor. Sie ballte die Hand zur Faust, holte aus und schlug direkt in das Gesicht ihres Spiegelbildes. Sie spürte die Schnitte gar nicht, die das zersplitterte Glas an ihrer Hand hinterließ. Sie atmete schwer, sah auf ihre Hände, die nicht zitterten. Dann betrachtete sie ihr zerstörtes Spiegelbild und fand, dass es so viel mehr der Realität entsprach.

Sie verließ das Badezimmer und lief, ohne einen Blick zurück, aus dem Zimmer, hinaus auf den Gang, in den Lift, ins Freie. Sie wusste, dass sie etwas dagegen tun musste. Hatte sie nicht schon genug angerichtet? Nur, weil sie gefangen war in diesem Albtraum, bedeutete das nicht, dass sie Aaron mit hineinziehen musste. Es war allein ihr Problem.

Wie betäubt kam sie zu Hause an. Sie hatte keine Erinnerung mehr daran, wie sie nach Hause gefahren war, es war ein einziger, wirrer Strom in ihrem Kopf. Sie schloss die Tür auf, ging ins Haus und schloss die Tür hinter sich, bereit zu akzeptieren, was unausweichlich war. Ins Krankenhaus kehrte sie nicht mehr zurück.

Überall, wo sie war, war auch die Dunkelheit. Auch wenn nicht jeder vermochte, sie zu sehen, war sie trotzdem da. Jede Minute, jede Sekunde, jeden Augenblick war die Dunkelheit ein Teil von ihr. Doch damit begnügte sich die Dunkelheit nicht. Sie wurde größer. Sie wird größer, jeden Augenblick. Frisst sich tief und tiefer in ihren Leib, labt sich an ihren Schmerzen, saugt das Leben aus ihr heraus. Doch niemand scheint es zu bemerken. Jeder sieht nur dabei zu, wie der Glanz ihrer Augen schwächer wird, wie das Lächeln ihre Augen nicht mehr erreicht. Bis die Dunkelheit und sie eine Einheit sind. Unbemerkt, versteckt vor den anderen. Können sie es denn nicht sehen? Wie sie kämpft? Wie sie leidet? Oder wollen sie es einfach nicht erkennen? Weil es so einfacher ist?

Mit schlechtem Gewissen kaute sie am Ende ihres Stiftes herum. Sie hatte alle von Mirjams Anrufen ignoriert. Das war noch einfach. Doch als Aaron angerufen hatte, legte sich plötzlich eine unerklärliche Schwere auf ihre Brust, die ihr das Atmen unmöglich machte. Sie brauchte Zeit, um ihren Entschluss zu festigen, um stark zu bleiben. Um sich klarzumachen, dass sie ihren Entschluss nicht rückgängig machen konnte. Nicht durfte. Deshalb hatte sie auch nicht abgehoben, als Aaron angerufen hatte.

Was hätte sie ihm auch sagen sollen? Die Wahrheit? Wie oft hatte sie in Gedanken schon durchgespielt, wie es wäre, wenn sie ihm die Wahrheit erzählen würde.

Über Eden. Über die Angst, ihm zu begegnen. Die Angst davor, dass seine Vorwürfe wahr sein könnten. Wie würde er sie dann ansehen? Sicher nie wieder so wie vorher. Und das könnte sie nicht ertragen. Lieber behielt sie ihre Erinnerungen, die sie bis jetzt hatte, unverfälscht und ungetrübt. Vielleicht würde er aber auch versuchen, ihr zu helfen? Sie in die Arme nehmen? Sie trösten? Versuchen sie zu retten?

Dabei hatte sie keine Hoffnung auf Rettung. Und jeder, der auch nur im Ansatz versuchen würde, sie aus ihrer Situation zu befreien, würde es bereuen. Es gab nichts mehr, was man versuchen konnte. Er hatte sie oft genug gewarnt, er würde seine Drohungen wahrmachen. Das war ihr an dem Abend im Krankenhaus klar geworden. Wenn sie nichts änderte, würde er Aaron gewaltsam aus ihrem Leben reißen. Nein, die Wahrheit war keine Option. Sie würde nur zu dem Ende führen, das sie mit aller Macht zu verhindern versuchte. Düster starrte sie die Wand in ihrem Zimmer an. Warum hing da eigentlich ein Kreuz? Es war ein Überbleibsel aus einer anderen Zeit, in der sie noch keine Probleme gehabt hatte. Wenigstens keine, die sie zwangen, harte Entscheidungen zu treffen. Sie stand auf und warf das Kreuz auf den Boden. Es brachte ihr nichts. Was sollte sie noch damit? Sich verspotten lassen? Sich ihre falschen Entscheidungen vorwerfen lassen? Sie schrie, denn das Kreuz war unversehrt. Erneut hob sie das Kreuz vom Boden auf und warf es noch stärker auf den Boden. Und noch einmal. Und noch einmal. Bis es in mehrere Teile zerbrach. Schwer atmend blickte sie auf die Splitter, die auf dem Boden verteilt lagen. Die Entscheidung, die sie getroffen hatte, war nicht das Problem. Was sie quälte, war die Angst davor, diese zu bereuen.

Sie zog sich an, ging hinunter und stieg ins Auto. Sie fuhr ohne nachzudenken, nahm die Straße nicht einmal wahr. Ich hätte, das sagt Ayla immer, weniger egoistisch sein müssen. Doch dazu war ich damals nicht in der Lage und heute, ja, heute gibt es keinen Grund mehr dazu. Eva konnte den Gedanken nicht ertragen, dass Aaron sie hasste. Doch Gedanken führen zu nichts, sie lassen einen nur glauben, dass man eine Wahl gehabt hätte, dass man die Dinge hätte ändern können. Sie schluckte hart und zwang ihre Gedanken zurück auf die Straße. Sie konnte nicht zulassen, dass sie schwach wurde. Dieses eine Mal musste sie stark sein. Wenn sie es schon nicht für sich sein konnte, so musste sie es zumindest für ihn sein. Es hing einfach zu viel davon ab.

Ihre Hände waren eiskalt und aus ihren Beinen war jegliches Gefühl verschwunden, als sie die Tür zum Krankenhaus öffnete. Sie musste sich zwingen, normal zu atmen. Atme sie weg, die Angst. Sie ist nicht real. Sie ist nur in deinem Kopf. Die Angst vor dem unausweichlichen Ende wog schwer auf ihr. Unruhig knetete sie ihre Finger, um sie ein wenig aufzuwärmen. Vor der Tür zu Aarons Zimmer zögerte sie, die Hand schon am Türgriff. In Gedanken ging sie noch einmal durch, was sie ihm sagen würde. Sie atmete tief ein, betete, dass er allein war, und trat ohne anzuklopfen ein.

Aaron saß aufrecht im Bett, seine Aufmerksamkeit war auf ein Buch, das in seinem Schoß lag, gerichtet. Er hatte sie noch nicht bemerkt und sie konnte gar nicht anders, als zu lächeln. Einen Moment lang stand sie in der Tür und sagte nichts, beobachtete ihn unbemerkt. Genoss den letzten Augenblick, in dem sie sich einreden konnte, dass noch alles in Ordnung war. Dann räusperte sie sich. Aaron sah auf und sein Lächeln wurde breiter, wobei sie sich einbildete, einen Schatten über seinen Augen liegen zu sehen.

Wie geht's dir?, fragte sie, während sie sich weiter in den Raum schob, darauf bedacht, nicht zu nahe an sein Bett zu treten.

Er wiegte den Kopf.

Jetzt definitiv besser.

Sie spürte einen Stich in ihrer Brust und sie musste den Blick von ihm abwenden.

Was liest du da?, fragte sie und trat an das Fußende seines Bettes.

Aaron musterte sie.

Sprich mit mir, Eva. Was ist los?

Die Sorge in Aarons Stimme ließ sie den Blick abwenden. Sie holte tief Luft und ließ sie wieder aus ihren Lungen entweichen, ohne ein Wort gesagt zu haben. Mit der geballten Faust schlug sie leicht gegen die kalte Eisenstange seines Bettes. Mit einem Mal war ihr Kopf wie leergefegt und sie konnte sich nicht erinnern, weswegen sie eigentlich hergekommen war. Es war das Eine, sich vorzustellen, ihm gegenüberzustehen, aber etwas Anderes, es dann tatsächlich zu tun und mit seiner Reaktion konfrontiert zu werden. Davor hatte sie unheimliche Angst. Und diese Angst war real, egal was sie sich einzureden versuchte. Deshalb konzentrierte sie sich auf ihre Finger, hielt die Eisenstange umklammert, wie einen Rettungsring.

Ich muss mit dir reden, sagte sie.

Aaron sagte nichts.

Es ist so. Als ich dich hier im Krankenhaus liegen gesehen hab … , sie stockte, da hatte ich Angst. Ich habe mich noch nie so schrecklich gefühlt wie in diesem Moment, als ich nicht wusste, was mit dir ist.

Noch immer starrte sie stur auf ihre Finger. Weigerte sich, ihn anzusehen.

Seitdem träume ich jede Nacht schlecht. Immer stirbst du. Und immer muss ich dir dabei zusehen. Und dann wache ich auf, ich bekomme keine Luft und mein Herz, das will mir aus der Brust springen.

Sie dachte sich, dass es wohl das Beste war, so nahe wie möglich an der Wahrheit zu bleiben.

Eva …

Sie hob die Hand, um ihm zu signalisieren, dass sie noch nicht fertig war.

Ich hab darüber nachgedacht. Und ich will das nicht mehr.

Jetzt sah sie ihn doch an. Sein Gesichtsausdruck war abwehrend, er wollte offensichtlich nicht hören, was sie zu sagen hatte. Es tat weh, ihn anzusehen.

Ich fühle mich gefangen. Ich bin nicht gewillt, so abhängig von einer einzelnen Person zu sein. Du musst nur deine Meinung ändern, was mach ich dann? Wenn du beschließt, dass du eines Tages genug von mir hast? Dann brauch ich dich so sehr, dass ich daran zugrunde gehen werde. Das kann ich nicht zulassen.

Bitter sah sie ihn an. Sie konnte dabei nicht verhindern, dass sich auch ein wenig Wehmut hineinmischte.

Was redest du denn da? Das ist doch völlig übertrieben,

Eva, Aaron schüttelte den Kopf, der Blick aus seinen hellen Augen war anklagend, und das weißt du auch.

Sie wich einen Schritt zurück, konnte den Unglauben und die Kränkung in seinem Blick nicht ertragen. Stille. Keiner sagte etwas.

Hab ich etwas falsch gemacht?, fragte Aaron.

Nein.

Dann versteh ich es nicht!, sagte er aufgebracht und raufte sich die Haare, warum jetzt auf einmal?

Sie schluckte.

Ich will das einfach nicht und das solltest du akzeptieren.

Er starrte sie an, als erkenne er sie nicht wieder. Sie wusste, wenn sie noch länger blieb, würde sie nachgeben. Das durfte nicht geschehen. Sie war so schwach. Sie konnte nicht ertragen, dass er sie hasste. Nicht einmal dieses Opfer konnte sie bringen.

Ich hab mich entschieden. Ich will mein Leben leben. Und das, ohne von jemandem abhängig zu sein. Ich will frei sein.

Die Tränen liefen ihr über die Wangen und sie drehte sich um, in der Hoffnung, dass er es nicht bemerkt hatte. Ohne eine Antwort abzuwarten, lief sie aus dem Zimmer, durch die Gänge, bis sie an der frischen Luft war. Luft, das war es, was sie brauchte. Sie musste atmen, atmen und nichts weiter. Solange sie atmete und sich allein darauf konzentrierte, dachte sie nicht nach. Dachte nicht an den Blick, den Aaron ihr zugeworfen hatte. Den, den sie eigentlich vermeiden hatte wollen. Aber wie konnte man das Unvermeidbare vermeiden? In wenigen Augenblicken hatte sie alles zerstört, wovon sie gedacht hatte, dass es etwas Besonderes war. Dass es ewig halten könnte. Sie wischte sich die Tränen aus dem Gesicht und startete den Motor. Jetzt hatte sie, was sie wollte. Sie war frei. Aber warum fühlte es sich dann so an, als wäre sie vollkommen allein?

Sie schlief schlecht in dieser Nacht. Genauer gesagt schlief sie gar nicht. Irgendwie hatte sie geglaubt, dass sie sich in den Schlaf weinen könnte. Stattdessen sah sie immer nur den Ausdruck seines Gesichts, wenn sie die Augen schloss. Also war es besser, die Augen nicht zu schließen. Einfach dazuliegen und die Sekunden vergehen zu hören. Doch auch das brachte keine Erlösung. Ihre Gedanken ließen sich nicht ablenken. Dabei fühlte sich alles taub an, so als würde ihr Körper erst nach und nach realisieren, was passiert war. Was sie getan hatte. Sie konnte sich schon nicht mehr an die Details des Gesprächs erinnern. Nur daran, wie er sie angesehen hatte, kurz bevor sie sich von ihm abgewandt hatte. Sie versuchte, die Gedanken daran zu verdrängen. Sie versuchte es wirklich. Denn wo ihr Körper taub war, war ihr Geist wach, und ihre Gedanken lösten in ihrem Geist Verzweiflung aus. Es war nicht die Art Verzweiflung, die plötzlich kam und die sie gleichzeitig heiß und kalt werden ließ, sondern die, die sich langsam und schleichend in ihrer Brust ausbreitete und sich dort einnistete und ihr die Luft zum Atmen nahm. Ruckartig setzte sie sich auf und versuchte normal zu atmen, auch wenn sie glaubte, innerlich zu verbrennen. Sie dachte, es wäre befreiend, wenn sie weinen könnte, um die Verzweiflung einfach mit ihren Tränen aus ihrer Brust heraus fließen zu lassen.

Doch sie konnte es nicht, sie war unfähig zu weinen. Sie hatte es nicht verdient, sich zu erleichtern, ihre Verzweiflung auch nur um das Mindeste zu mildern. Also saß sie da und starrte in die Dunkelheit.

Allein.

Das war einer jener Gedanken, die sie nicht schlafen ließen. Sie hatte von Anfang an Zweifel gehegt. Zweifel, dass sie nicht hübsch genug war, um aufzufallen. Nicht lustig genug, um interessant zu bleiben. Einfach nicht gut genug. Irgendwann hätte es auch Aaron bemerkt. Dann wäre ihm klar geworden, dass sie eine Hochstaplerin war, die nicht zu ihm passte. So war sie froh, dass es gar nicht so weit gekommen war. Sie konnte lernen, mit der Verzweiflung zu leben, denn sie wusste endlich, wofür. Sie würde Aaron schützen und er würde die Wahrheit nie erfahren. Sie war ihm zuvorgekommen und jetzt würde er nicht erkennen können, dass sie sich nur in seiner Gegenwart angestrengt hatte, eine bessere Person zu sein, als sie war. Eines Tages wäre es ihm aufgefallen. Und dann hätte er sie verlassen. Dieses Ende wäre unausweichlich, das war ihr klar. Zwar änderte diese Tatsache nichts an der Verzweiflung, die sie spürte, doch es tat gut zu wissen, dass ihr Betrug nicht aufgeflogen war.

Sie wälzte sich hin und her, als sie spürte, dass etwas vom Fußende ihres Bettes mit einem dumpfen Geräusch auf den Boden fiel. Es war ihr Tagebuch. Mutlos strich sie über den roten Einband und schloss für einen Augenblick die Augen. Aaron hatte ihr zum ersten Mal gezeigt, wie es sich anfühlte, mehr als nur eine Leserin zu sein und im Zentrum einer Geschichte zu stehen. Hatte sie es nicht aufgeschrieben? Das erste Mal, als sie es gefühlt hatte? Mit zittrigen Fingern blätterte sie durch ihr Tagebuch. Da war es!

Alle Dosen landen am Boden und Aaron dreht sich euphorisch zu seinem Nachbarn um. Dabei begegnet sein Blick dem meinen, nur für den Bruchteil einer Sekunde, sein Veilchenduft trifft mich wie ein schmerzfreier Schlag. In diesem Moment dreht sich Aaron zu mir um und sieht mich mit seinen strahlend blauen Augen an. Zieht mich hinein in die Geschichte, lässt meinen Namen groß und unübersehbar in dem Kapitel erscheinen. Mein Herz schlägt schnell, ist das Lampenfieber?, doch mein Atem geht gleichmäßig. Die Farben um uns herum scheinen kräftiger, als das abendliche Licht es zulassen sollte, es wirkt, als würden wir von innen heraus strahlen. Das Blau von Aarons Hemd scheint kräftiger, seine Haare erinnern mich an die eines Engels. Ein flüsternder Wind trägt den Duft von Veilchen heran, obwohl es auf dem Rummelplatz keine gibt. Ich stehe im Mittelpunkt unserer Geschichte. Gemeinsam mit Aaron. Mit jedem Herzschlag pulsiert die Geschichte durch meine Adern. Ich kann sie spüren, die Last des Schicksals auf meinen Schultern, eine Verantwortung, die ich mit neuer Entschlossenheit annehme. Die Welt um mich herum verändert sich, oder bin es ich, die sich verändert?

Ihre Kehle wurde mit jedem Wort, das sie las, enger, bis sie erneut das Gefühl hatte, zu ersticken. Ohne weiterzulesen, klappte sie das Tagebuch zu und schloss ihre brennenden Augen. Sie warf einen Blick auf den Wecker neben sich. Sie hatte noch zwanzig Minuten, bevor sie aufstehen und sich fertigmachen musste. Mirjam hatte ihr ein Vorstellungsgespräch besorgt. Sie hatte wieder vergessen, wofür genau, es war ihr auch egal. Jedenfalls musste sie es bis dahin schaffen, ihren Schmerz zu kaschieren. Es würde von ihr erwartet werden, dass sie mit Menschen sprach, die nicht wussten, dass ihre Welt gerade einen Sprung bekommen hatte. Es würde erwartet werden, dass niemand etwas von ihrem Schmerz mitbekam und sie auch nicht darüber sprach. Das war es, was man von ihr erwartete. Und sie würde alles tun, damit sie diesen Erwartungen entsprach.

Er ist sich sicher, dass er nicht allein ist. Wie könnte er auch? Man benötigt schon ein enormes Maß an Ignoranz und Selbstüberschätzung, um zu glauben, dass man jemals wahrhaftig alleine ist. So, wie es die Menschen perfektioniert haben. Sie leben ihren Egoismus und ihre Selbstexzentrik in vollen Zügen aus, ohne dabei jemals an jemand anderen zu denken, außer an sich selbst. Natürlich. Dabei gibt es hunderte, nein tausende!, Versionen von einem selbst. Manche haben eine größere Nase oder ein feineres Gesicht. Manche sind größer, manche kleiner. Manche fett und andere mager. Manche wieder sind hässlich, andere entsprechen dem Ideal der Zeit. Die einen nehmen Drogen und andere wiederum leben gesund. Man ist weder einzigartig noch allein. Irgendwann, dessen ist er sich sicher, würde etwas passieren, das sie alle aus ihrer Ignoranz reißen würde. Das sie alle zur Vernunft bringen und zum wahren Denken zurückführen würde. Wer weiß, vielleicht würde sogar er selbst diese Veränderung bringen. Er würde sie alle befreien, ihnen allen zeigen, dass es mehr in dieser Welt gab, als die reine Habgier und Selbstliebe. Er würde sie alle treffen, dort wo es wehtat. Jeden Einzelnen von ihnen.

Die Sonne war bereits untergegangen, Eva saß in ihrem Sessel mit einem Buch im Schoß. Es war leise im Wohnzimmer. Nur das Ticken der Wanduhr zeigte, dass die Zeit verging, dass sie nicht in dem Moment gefangen war. Sie hätte aufstehen können und sich etwas zu Essen machen. Die Stille im Raum unterbrechen. Doch sie blieb sitzen. Auch als es an der Tür klingelte, blieb sie sitzen. Es klingelte erneut. Sie blieb noch immer sitzen, nahm das Klingeln nicht wahr. Außerdem wollte sie ihr persönliches Stillleben nicht auflösen. Noch nicht. Im Stillleben war es ruhig. Erwartungslos. Auch ihre Gedanken waren ruhig und erwartungslos. Würde sie sich rühren, und wenn es nur ein Finger wäre, würde die Bewegung auch ihre Gedanken wieder aufwecken und das Stillleben zerstören. Es klingelte erneut. Sie saß weiter in ihrem Sessel im Wohnzimmer. Stille. Nur das Ticken der Wanduhr klang in ihren Ohren. Das Stillleben war wiederhergestellt. Sie war in einem Zustand absoluten Friedens. Sie hatte keine Gedanken, keinen Körper, keinen Geist. Sie war …

Eva, mach die Tür auf.

Mirjams Stimme holte ihren Geist in ihren Körper zurück und mit ihm alle Gedanken, die sie froh gewesen war, nicht denken zu müssen. Das Stillleben gab es nicht mehr, sondern nur mehr das Ticken der Wanduhr und sie und ihre Gedanken, die unruhig neue Erwartungen formten.

Mach endlich die Tür auf.

Eva bewegte sich nicht. Sie konnte sich nicht bewegen.

Ihre Glieder waren schwer, so schwer. Sie wogen eine Tonne und keinen Zentimeter, nicht einen Millimeter, konnte sie sie heben.

Ich weiß, dass du zu Hause bist. Mach auf und lass mich rein.

Evas Zunge war ebenfalls schwer, Worte würde sie keine formen können. Keine Lüge würde sie über die Lippen bringen. Keine der vielen Lügen, die ihr im Magen lagen und ausgesprochen werden wollten.

Ich mache mir Sorgen um dich. Bitte, lass mich rein.

Sie sollte sich keine Sorgen machen, es ging ihr doch gut! Sie wollte es sagen, wollte es hinausschreien.

Ich werde nicht weggehen, Eva. Ich warte solange, bis du mit mir redest.

Aber sie konnte doch nicht sprechen. Jemand hatte ihre Lügen erkannt und ihr die Worte, die sie dafür brauchte, gestohlen. Und jetzt hatte sie nichts mehr zu sagen.

Sprich mit mir!

Sie konnte nicht sprechen. Die Wahrheit schmerzte zu sehr und die Lügen funktionierten nicht mehr.

Es wird dir helfen.

Das würde es nicht. Es würde alles nur noch schlimmer machen.

Eva, jetzt lass mich doch endlich rein.

Sie wünschte sich das Stillleben zurück. Sie wünschte sich ihre Gedanken weg und das Stillleben zurück.

Es reicht langsam, so kann das nicht weitergehen.

Mirjam hatte recht. Es konnte so nicht weitergehen. Aber es zu ändern, dazu fehlte ihr die Kraft. Ihr Körper war so schwer, sie brauchte all ihre Kraft, um weiter zu atmen. Einatmen, ausatmen. Und noch einmal.

Jetzt herrschte Stille. Kein Rufen, keine Aufforderungen, etwas zu tun. Eva schloss die brennenden Augen, aus denen noch immer keine Träne entweichen wollte. Nicht eine einzige, erlösende Träne.

Ein Quietschen, es kam vom Gartentor, das immer quietschte, wenn man es öffnete. Schritte. Eine Tür wurde geöffnet, kalte Luft wehte in Evas Richtung.

Was machst du denn nur, Eva?

Mirjams Stimme war nah, direkt vor ihr. Eva öffnete die Augen, Mirjam stand vor ihr. Sie hätte die Tür zum Garten absperren sollen. Wie nachlässig von ihr.

Eva …

Mirjam ging vor ihr in die Hocke, wie man vor einem Hund in die Hocke geht, damit er keine Angst bekommt.

Sprich doch mit mir.

Eva sah Mirjam stumm an. Was hätte sie ihr auch sagen sollen?

Was ist passiert?

Eva wünschte sich die Stille zurück. Aber die würde sie erst bekommen, wenn Mirjam ging. Und Mirjam würde erst gehen, wenn sie mit ihr sprach.

Hat es etwas mit Aaron zutun?

Eva zuckte zusammen, als Mirjam seinen Namen aussprach. Mirjam verzog die Lippen zu einem traurigen Lächeln. Sie wollte kein Mitleid, es machte sie verlegen. Obwohl sie zweifellos bemitleidenswert aussehen musste. Also konnte sie Mirjam ihre Reaktion nicht ankreiden.

Es wird alles wieder gut werden, sagte Mirjam und streichelte Eva über den Arm. Ich bin bei dir.

Dann sagte sie nichts mehr. Sie saß nur neben ihr und

streichelte über ihren Arm. Später stand sie auf, zwang Eva, etwas Wasser zu trinken. Essen verweigerte sie und Mirjam drängte sie nicht weiter. Sie blieb den ganzen Abend und die ganze Nacht und versuchte nicht, Eva abzulenken. Dafür war sie ihr dankbar. Und obwohl sie gerne alleine gewesen wäre, schätzte sie Mirjams Gegenwart, die diese so unaufdringlich gestaltete wie möglich. Mirjam war bewusst, dass Eva nicht in der Lage war, darüber zu sprechen, und sie akzeptierte es. Und auch wenn es Eva in dem Moment nicht bewusst gewesen war, so half ihr Mirjams Anwesenheit dabei, ihre Entscheidung zu verarbeiten und zu respektieren. Denn sie war nicht allein, sie war nur einsam.

Am nächsten Morgen ging es ihr bereits besser. Sie stand auf und ging hinunter in die Küche. Dort stand Mirjam bereits, sie hatte Tee gekocht und Frühstück gemacht. Sie lächelte Eva an, als sie sich in der Küche an den Tisch setzte.

Wie geht es dir heute?, fragte Mirjam.

Besser.

Das ist gut. Das ist ein Anfang.

Eva gab ihr Recht, es war ein Anfang. Ein kleiner Anfang, aber immerhin ein Anfang. Sie aßen schweigend, jede war mit ihren Gedanken beschäftigt.

Ich hab eine Idee, sagte Mirjam.

Eva sah von ihrem Teller auf.

Wir werden jeden Tag etwas machen, das dich aus deiner Komfortzone holt.

Eva verzog das Gesicht, aber Mirjam gab ihr keine Gelegenheit zu widersprechen.

Das ist kein Angebot, Eva. Wir machen das. Und heute

fangen wir damit an, dass wir hier mal aufräumen. Wir stellen dein Wohnzimmer um und waschen mal deine Vorhänge. Die haben es dringend nötig. Wolltest du nicht immer schon ein Instrument spielen? Ich hab eine Gitarre zu Hause, die ich sowieso nie spiele. Die könnte ich dir mitbringen. Ja, das ist eine gute Idee! Und wir misten deine Sachen aus, du hast viel Zeug, Eva.

Mirjams Augen leuchteten, während sie sprach. Eva war noch nicht überzeugt, doch Mirjam war bereits aufgestanden und sah sich im Wohnzimmer um.

Ja, ich weiß schon, wie das gut aussehen wird. Hast du eine Leiter? Wir fangen bei den Vorhängen an.

Eva nickte langsam, Mirjams Euphorie begann, sich auf sie auszuweiten. Sie atmete ein, hielt den Atem kurz an und nickte erneut, dieses Mal meinte sie es auch so.

Wir könnten auch mal wandern gehen, sagte Eva.

Mirjam verzog das Gesicht. Du weißt doch, dass ich Wandern nicht besonders mag.

Eva nickte und sie begannen, das Wohnzimmer umzustellen und alles Sinnlose wegzuwerfen. Eva hatte das Gefühl, dass Mirjam, immer wenn sie nicht genau hinsah, ein oder zwei Dinge mehr wegwarf, als sie ihr erlaubt hatte. Auch der elegant gemusterte Aschenbecher, den sie für Aaron am Fensterbrett platziert hatte, war irgendwann verschwunden. Doch es störte sie nicht. Es tat ihr gut, sie hatte das Gefühl, wieder atmen zu können. Nur bei den Bildern, die an der Wand hingen, gab sie auf.

Eigentlich müsste man die Wände wieder weiß streichen, sagte Mirjam, aber wir lassen die Bilder vorerst hängen, wo sie sind. Das können wir auch ein anderes Mal erledigen.

Zufrieden sah sie sich um.

Es ist doch hübsch geworden, oder?

Eva nickte. Es sieht anders aus, ja.

Aber gut anders, nicht wahr?

Ja, schon.

Es sieht viel besser aus als vorher. Jetzt hast du wieder richtig viel Platz. Sieh doch, sie deutete auf den freien Bereich vor der Glastür, die in den Garten führte, da könntest du dir eine Matte hinlegen und meditieren? Wenn morgens die Sonne hierher scheint, ist das doch ein schönes Plätzchen.

Das ist ein guter Vorschlag, gab Eva zu.

Mirjam sah zufrieden aus. Du solltest die Zeit jetzt nutzen und dich darauf konzentrieren, wer du bist und wer du sein möchtest. Vielleicht hilft dir Meditieren dabei, dass du weniger daran denkst, was Andere von dir halten, und du dich mehr auf das fokussierst, was du selbst von dir erwartest. Was die Anderen denken, ist doch eigentlich egal. Aber was du selbst von dir denkst, das ist doch das, was wichtig ist. Ich glaube, bei mir zu Hause liegt noch irgendwo eine Matte rum, die bringe ich dir morgen mit. Nein, die gehe ich gleich holen. Dann kannst du heute schon anfangen.

Das musst du doch nicht, sagte Eva.

Doch, das ist kein Problem. Ich bin in einer Stunde wieder da.

Sie zögerte kurz.

Kommst du so lange klar?

Mirjam sah Eva an, bis diese nickte.

Natürlich.

Gut. Bis dahin könntest du deine Bücher aussortieren?

Oder willst du alle behalten? Überleg's dir. Ich bin gleich wieder da!

Damit war Mirjam schon zur Tür hinaus und Eva blieb allein im Haus zurück. Einen Moment lang konnte sie nichts mit der neuen Stille anfangen. Sie genoss die Stille nicht mehr. Sie wollte kein Stillleben mehr sein. Sie schaltete das Radio an und ging zu ihrem Bücherregal. Es war zu voll, da hatte Mirjam Recht. Gelesen hatte sie nicht viele von den Büchern, die dort standen. Sollte sie sie wegwerfen? Nein, das wäre schade. Sie würde sie lesen. Ja, sie würde die gewonnene Zeit nutzen, um alle Bücher zu lesen, die sie sich in den vergangenen Jahren gekauft und ins Bücherregal gestellt hatte, ohne sie jemals wieder in die Hand zu nehmen. Es war eine Schande, wenn sie so darüber nachdachte. Eine Unart, die sie sich angewöhnt hatte. All die Bücher, die sie durchgeblättert, aber nie wertgeschätzt hatte, indem sie sie las. Sie griff nach dem erstbesten, ging zu ihrem Sessel und begann zu lesen. Sie las, bis Mirjam mit der Matte zurückkam, las weiter, nachdem sie sich am Abend verabschiedet hatte, las den ganzen Abend, bis sie in ihrem Sessel einschlief. Dort träumte sie, dass sie noch immer in ihrem Sessel saß und das Buch las, bis sie am nächsten Morgen wieder aufwachte. Sie las die nächsten Tage und Wochen in jeder freien Minute, davon hatte sie viele, und musste sich daran erinnern, zu essen und zu trinken. Das Lesen half ihr dabei, die Tage zu überstehen. Das Lesen machte es einfacher, jeden Tag ein wenig mehr. Bis sie schließlich glaubte, dass Mirjam Recht hatte. Dass alles gut werden würde.

Manchmal habe ich Angst.

Angst, dass ich mich selbst verloren habe. Angst, dass ich nicht mehr richtig funktioniere. Wobei ich mich dann wieder frage, wer denn das Richtig definiert? Wer entscheidet darüber, was richtig, was falsch ist? Ich weiß es nicht. Also habe ich beschlossen, dass für mich das Falsche einfach ein Sich-nicht-richtig-anfühlen ist. Es ist eine Ausrede, das ist mir bewusst. Ach, wie bin ich sie leid, diese Definitionen über das Nicht-Definieren, den Sinn über die Abgrenzung zum Sinnlosen zu finden, das Glück über das Sich-nicht-richtig-anfühlen zu postulieren. Aber was bleibt mir anderes übrig?

Ich bin durch eine lange und gute Schule gegangen, die mir beigebracht hat, etwas nicht zu Definierendes darüber zu definieren, was es nicht ist, anstatt den Finger in die Wunde zu drücken und es klar auszusprechen.

Deshalb werde ich es nun tun und es, wie als Kind, einfach beim Namen nennen. Ich habe Angst, in eine gewisse Apathie zu verfallen. Was ich damit meine? Dinge, die mir früher etwas bedeutet haben, haben mittlerweile an Wirkung verloren. Freundschaften sind schön, aber austauschbar. Liebe ist nicht einmalig, sie kann einem öfter im Leben begegnen. Familie ist, was sie immer war. Vergänglich und ohne jegliche Einflussmöglichkeiten.

Früher sagte man mir, dass man allem mit einer gewissen Distanz, einer emotionalen Leere, begegnen müsse. Vermutlich habe ich das zu ernst genommen, denn es scheint, als hätte ich es perfektioniert. Aus der emotionalen Leere und der gesunden Distanz ist eine Form der Apathie geworden. Eine Apathie, die mir zwischenzeitlich, wenn ich mich denn aus ihr befreien kann, Angst einjagt.

Zu wem bin ich geworden? Zu einem Menschen, der jeden Verlust als einen unvermeidlichen Teil des Lebens einordnet. Der den Sinn im Leben nicht mehr zu suchen wagt. Das ist die traurige Wahrheit.

Wenn ich überlege, was mich heute noch zu Tränen rührt, dann finde ich nichts. Außer ich blicke zurück, in eine Vergangenheit, die mir mittlerweile fremd geworden ist. In eine Zeit, in der ich noch in der Lage war, etwas zu fühlen. Wo ich heute taub und stumm bin, war ich früher laut und lebhaft. Was ich heute zur Kenntnis nehme, hat mich früher in Rage gebracht. Was mich früher verletzt hat, kostet mich heute nur mehr ein müdes Lächeln. Was ich früher als Verzweiflung wahrgenommen habe, ist heute nichts mehr als ein leichtes Ziehen in der Brust.

Wann hat es begonnen, dass diese Taubheit, diese Weigerung, mich meinen Emotionen zu stellen, zu einem erschreckend normalen Alltag geworden ist?

Ich glaube nicht, dass ich damit allein bin. Nein, ich denke, ich spreche diese Gedanken für alle jene aus, die dazu nicht in der Lage sind. An sich ist das ein Unterfangen, das man mir hoch anrechnen sollte. Denn ich spüre die Apathie in mir, diese Apathie, die so schrecklich schwer zu bekämpfen ist und mich allem gegenüber abstumpft. Wie kann ich so überhaupt in der Lage sein, darüber zu schreiben? Sind nicht meine Worte Beweis genug dafür, dass ich weder apathisch noch taub geworden bin? Oder sind sie nur ein schwacher Nachhall dessen, wozu ich früher in der Lage gewesen bin?

Vielleicht sollte ich Angst vor mir selbst haben. Oder eher vor dem, wozu ich in der Lage bin. Sehe ich dem Leiden der Welt mit einer Kälte entgegen, die mich selbst erschreckt, und akzeptiere es? Tue ich Dinge, die früher weit außerhalb meines Fassungsvermögens gestanden sind, und akzeptiere es? Glaube ich Dinge, die nur mehr in meiner Realität existieren und nicht mehr in meiner Fantasie? Habe ich dann nicht bereits verloren? Kann ich mir denn dann selbst noch ein Wort glauben, das ich schreibe?

Einerseits wünsche ich mir wieder Leidenschaft, Gefühle, ich wünsche mir sogar den Schmerz zurück. Andererseits ist meine Apathie eine willkommene Flucht vor all dem Schrecklichen, vor all dem Grauen, das diese Welt über mich niederregnen lässt.

Natürlich tut sie das nicht unverhältnismäßig, diese Welt, die wir Heimat nennen. Es heißt, man bekommt immer nur so viel, wie man auch fähig ist zu ertragen. Doch weigere ich mich, Dinge zu ertragen. Ich verweigere mich dem Gefühl des Ertragens. Ich möchte nicht mehr eine Marionette des Großen Ganzen sein. Deshalb war mein Ausweg, mein einziger Ausweg, meine Apathie. Sie hat mich gerettet, sie ist nun ein Teil von mir. Und jetzt, wo ich, dank meiner Distanz, stark geworden bin, habe ich Angst, nie wieder den Weg zurück zu finden.

Zurück in eine Welt, die voll satter Farben ist, die Leiden gleich wie Freuden enthält, die mich fühlen lässt. Denn fühlen heißt leben. Und momentan bin ich noch taub. Taub dank meiner Distanz, die mich gerettet hat, taub dank meiner Distanz, die mir einen Ausweg gezeigt hat. Aber ist dieser Ausweg noch der Weg, den ich gehen sollte? Oder ist er eine Sackgasse, und ist es deshalb an der Zeit, einen anderen Weg einzuschlagen?

Ich weiß es nicht. So wie ich eigentlich nichts weiß, in letzter Zeit. Ich bin verwirrt. Einerseits sehne ich mich danach, wieder zu einem echten Menschen zu werden, wieder zu fühlen. Wieder Leben in mich zu lassen. Andererseits ist meine Distanz meine beste Freundin. Sie hat mich beschützt, sie hat mir geholfen, zu dem Menschen zu werden, der ich bin. Sie hat mich durch meine Augen in meine Seele blicken lassen. Und ich habe mich gesehen. Ungebrochen, aufrecht stehend, unabhängig.

Bin ich bereit, das alles aufs Spiel zu setzen? Bin ich bereit, mich selbst, wie ich mich kenne, aufzugeben, für ein bisschen Gefühl?

Bin ich bereit?

Ich hab heute angefangen, auf der Gitarre zu spielen. Aber ich bin nicht besonders gut.

Das macht doch nichts, sagte Mirjam und lächelte Eva an. Es war ein Lächeln, das Eva erwidern musste.

Ich bin froh, dass es dir wieder besser geht, Eva.

Mirjam und Eva saßen im Wohnzimmer, Eva auf dem Sessel, Mirjam saß ihr gegenüber auf dem Sofa, die Beine angewinkelt, und machte einen entspannten Eindruck. Sie hatten ein Fenster geöffnet, um die letzten Sonnenstrahlen des Tages noch ins Haus zu lassen, doch mittlerweile war die Sonne bereits untergegangen.

Das bin ich auch … Aber wie geht's dir?

Mirjam zuckte mit den Schultern.

Mir geht es gut. Aber vor ein paar Tagen im Krankenhaus …

Eva horchte auf.

Noah ist ins Krankenhaus gekommen. Also, nicht als Patient, oder so, das nicht. Er wollte mich sehen. Aber meine Kollegen haben ihn abgewimmelt.

Eva wusste nicht, was sie darauf sagen sollte.

Versteh mich nicht falsch, es ist ja schon nett, irgendwie. Aber ich weiß einfach nicht, warum Männer kein Nein verstehen.

Er wollt einfach um dich kämpfen. Das ist doch schön, oder nicht?

Mirjam schüttelte den Kopf. Nein. Das ist lästig. Sie verschwenden mit solchen Aktionen nur ihre Zeit. Warum sollte ich meine Meinung ändern, nur weil er mich von meiner Arbeit ablenkt?

Eva fand, dass Mirjams Worte kalt klangen. Kalt und gemein.

Findest du nicht …

Nein, Eva. Das ist nicht romantisch. Das ist aufdringlich.

Tut mir leid, so meinte ich das nicht.

Der Ärger verschwand aus Mirjams Gesicht.

Ist schon gut. Ich weiß ja selbst nicht genau, warum es mich so stört. Vielleicht, weil er meine Wünsche bisher immer respektiert hat. Und ich habe ihm gesagt, dass ich Abstand brauche. Und dann taucht er einfach in meiner Arbeit auf.

Sie schüttelte den Kopf.

Man fühlt sich nicht gehört, verstehst du?

Eva nickte, aber die Vorstellung, wie Noah Mirjam im Krankenhaus besucht hatte, ließ sie nicht los. Für sie war es eine schöne Vorstellung. Nur war es in ihrer Vorstellung nicht Noah, sondern Aaron.

Aaron.

So lange hatte sie nicht mehr an ihn gedacht.

Außerdem weiß ich nicht, was ich tun würde … wenn er auf einmal vor mir steht. Ich fühle mich unsicher und … ich mag dieses Gefühl nicht.

Mirjam atmete tief ein und machte eine kurze Pause.

Weißt du, ich glaube, ich bin lieber allein. Ich genieße meine Freiheit. Ich bin unabhängig und das gefällt mir. Ich muss mich nach niemandem richten, muss mich nicht rechtfertigen. Solange ich abends in den Spiegel sehen kann und zufrieden bin, dann reicht mir das.

Es klang ehrlich, sie meinte jedes Wort genau so. Eva dachte über ihre Worte nach.

Aber ist ja nicht so wichtig. Was sollen wir bei dir als nächstes angehen? Wir könnten einen Sprachkurs belegen, vielleicht Französisch oder Spanisch, und dann dort irgendwo in den Urlaub fahren. Was denkst du? Oder wie wäre es mit einem Tanzkurs? Ich wollte schon immer mal einen Standardtanz lernen und dann auf einen Ball gehen, in einem schönen Kleid …

Eva lachte. Ja, das wär schön.

Mirjam stand auf und streckte sich.

Ich habe Hunger. Möchtest du auch was?

Eva verneinte und sah Mirjam nach, wie sie aus dem Raum ging und die Tür hinter sich schloss. Sie mochte es, dass Mirjam bei ihr war. Es war einfach mit ihr. Eva griff nach dem Glas, das neben ihr auf dem Tisch stand, als sie einen kalten Luftzug von hinten spürte. Die Luft im Zimmer schien zu gefrieren. Sie zitterte und rieb sich über die Arme. Konnte sie bereits ihren Atem sehen, der weiße Wolken bildete? Nein, das war unmöglich. Dennoch blieb ihr der Atem in der Kehle stecken und sie hatte plötzlich das Gefühl zu ertrinken und gleichzeitig zu verbrennen. Was war hier los? Sie stand auf und ging zum Fenster, um es zu schließen. Doch gerade als sie mit einer Hand nach dem Fensterflügel griff, legten sich zwei kalte, feuchte Hände auf die ihren. Das Wasserglas, das sie noch in der Hand gehalten hatte, fiel mit einem lauten Klirren auf den Boden und zerschellte in tausend Scherben. Sie starrte in die Dunkelheit vor ihrem Fenster und erkannte erst jetzt die dünne, mit ihren langen Beinen und Armen wie eine Spinne im Fensterrahmen sitzende Person, deren Hände die ihren schmerzhaft umklammert hielt und sie daran hinderte, wegzulaufen. Panisch versuchte sie, ihre Hand wegzuziehen, doch sein Griff war unerbittlich. Er verzog seinen Mund zu einem grausigen Lächeln und schien sie wie eine Spinne aus acht Augen zu mustern.

Hast du mich etwa schon vergessen?

Bei diesen Worten lehnte er sich ihr entgegen und der rauchige Gestank, den er verströmte, ließ Übelkeit in ihr aufsteigen. Die Angst benebelte ihr Gehirn, sie war nicht in der Lage, einen klaren Gedanken zu fassen. Die Angst ist nicht real. Die Angst ist nicht real. Sie ist nur …

Eden ließ ihre Hände los, die sie sofort an ihren Körper presste, auch wenn sie sich vor ihm ekelte, um Abstand von ihm zu bekommen. Doch statt zurückzuweichen, beugte er sich ihr langsam entgegen.

Nicht mehr lange, sagte er und sah sie aus irren Augen an. Der Abgrund, er ruft nach dir. Hörst du ihn nicht rufen? Kannst du ihn nicht hören?

Sie hatte das Gefühl, komplett nackt vor ihm zu stehen.

Nein!, dachte sie und schüttelte den Kopf und wusste,

dass es ein Fehler war. Seine Augen verengten sich zu Schlitzen. Wut verdunkelte sein Gesicht und mit einem Satz stand er im Wohnzimmer.

Doch!

Er packte sie an den Schultern und zog sie nahe an sich heran. Speichel tropfte aus seinem Mundwinkel, als er sich an ihr Ohr beugte und seine Worte wiederholte. Nicht mehr lange.

Sein Atem war heiß und feucht in ihrem Ohr. In diesem Ton steckte so viel. Wut, Hass, Zorn, aber auch eine abartige Form von Zärtlichkeit und Verlangen. Niemals werde ich im Stande sein, diesen Moment zu vergessen, als er in ihrem Haus stand, den Mund an ihrem Ohr, mit einer Hand ihren Unterarm umklammernd, sodass sich seine Nägel in ihre Haut bohrten und sie spürte, wie das Blut an ihrem Handgelenk entlanglief und ein Tropfen wie in Zeitlupe zu Boden fiel. Er war nicht groß, eigentlich winzig, doch hinterließ er einen Fleck auf dem weißen Teppich. Sie schloss die Augen, als der Druck auf ihrem Arm nachließ und ein Luftzug ihr frische Luft ins Gesicht wehte.

Was dauert nicht mehr lange?, fragte Mirjam.

Wann war sie zurückgekommen? Sie konnte wieder atmen. Wie eine Ertrinkende sog sie gierig die frische Luft ein und genoss das Gefühl, wie sich ihre Lungen mit dem lebensbejahenden Sauerstoff füllten. Sie blinzelte und öffnete die Augen.

Es riecht seltsam hier drinnen, findest du nicht?, fragte Mirjam.

Sie nickte, und nach kurzem Zögern trat sie vom Fenster weg, ohne es zu schließen. Mirjam deutete auf die

Scherben am Boden. Sie fragte, was passiert war. Ich weiß nicht mehr, was sie ihr erzählt hat, jedenfalls fragte Mirjam nicht weiter nach. Sie räumten die Scherben weg und Eva hielt inne, als sie den kleinen Blutfleck auf dem weißen Teppich sah. Sie strich mit einem Finger darüber, unauffällig, damit Mirjam es nicht bemerkte, und wusste, dass der Teppich jetzt ruiniert war.

Sie fragte sich, ob dieses Gefühl je verblassen würde. Dieses beklemmende Gefühl, das sich irgendwo zwischen Traurigkeit und Verzweiflung bewegte und sie seit Tagen begleitete. Manchmal kam ihr vor, dass es besser wurde, dass immerhin diese endgültige Verzweiflung verschwunden war, doch dann, nachts, kam sie zurück. Noch heftiger, noch überwältigender, sodass sie manchmal glaubte, keine Luft mehr zu bekommen. In diesen Momenten blieb ihr nichts anderes übrig, als zu warten und zu hoffen, dass es bald vorüberging. Die Zeiger ihres Weckers sagten ihr, dass es drei Uhr morgens war. Sie setzte sich auf und fuhr sich durch die Haare. Einem plötzlichen Impuls folgend stand sie auf und ging ins Bad. Sie stand vor dem Spiegel und betrachtete sich im hellen Licht der Lampen, die ihr zeigten, welche Spuren die schlaflosen Nächte in ihrem Gesicht hinterlassen hatten. Ihre Haut sah ungesund aus und ihre Augen sahen sie anklagend an. Es kam ihr vor, als wollten sie ihr sagen, dass sie etwas verändern musste. Ja, sie musste endlich etwas ändern. Ihr Griff war fest, unbeirrt, als sie die Schere nahm. Ihre Miene verzog sich nicht, als immer mehr und mehr ihrer Haare das Waschbecken füllten. Mit jedem Schnitt, den sie tat, hatte sie das Gefühl, sich selbst von einer Last zu befreien. Als würde sie ein Geschwür aus ihrem Körper schneiden. Es fühlte sich an wie eine Art Autotomie. Wie Eidechsen und Nattern ihre Schwänze abwerfen, wenn sie Gefahr wittern, so befreite sie sich von ihrem Ballast.

Distanziert betrachtete sie die Haare im Waschbecken und atmete einmal tief ein, bevor sie den Blick hob und sich selbst im Spiegel betrachtete. Langsam hob sie die Hand und fuhr sich durch die verbliebenen Haare, die sich angenehm leicht und weich anfühlten. Jetzt hatte sie keine Haare mehr, hinter denen sie sich verstecken konnte. Keinen Schutz mehr, um sich zu verbergen. Es war Zeit gewesen, dass sie sich davon löste.

Das hier war die neue Eva.

Die Verzweiflung, sie war immer noch da. Sie saß genau dort, wo sich früher die Gedanken an Aaron befunden hatten. Doch die Gedanken an ihn hatte sie sich verboten und dadurch der Trauer noch mehr Platz geboten. Aber dem würde sie nicht länger nachgeben. Sie hatte eine Entscheidung getroffen und sie musste glauben, dass es die richtige gewesen war. Sie atmete tief durch und schüttelte mit den letzten Haarsträhnen auch die letzten Zweifel ab.

Sie ging zurück in ihr Zimmer, setzte sich an den Schreibtisch und begann zu schreiben, erfüllt von einem neuen, elektrisierenden Hochgefühl. Eine Motivation, die in ihr selbst zu entstehen schien und die keinen äußeren Antrieb benötigte. Sie selbst war ihre neue Motivation und sie war endlich bereit, Verantwortung zu übernehmen und zu wachsen. Sie schrieb, als wäre es ihre letzte Hoffnung oder ihr letzter Ausweg, so genau lässt sich das nicht unterscheiden.

Fühlt sich so Veränderung an?

Wie eine tiefe Verunsicherung, die mich immer wieder eiskalt überfällt, in Momenten, wenn ich gar nicht damit gerechnet habe? In einem Moment bin ich überzeugt davon, das Richtige zu tun, endlich für mich einzustehen. Zu verlangen, was mir zusteht. Und im nächsten bin ich ein Häufchen Elend. Einmal bin ich voller Energie und zweifle keine Sekunde daran, dass eine Veränderung positiv sein kann, sein muss, und ein andermal habe ich das Gefühl, die Welt bricht über mir zusammen und begräbt mich unter ihren Scherben.

Dieses Gefühl von Verlorenheit und Verwirrung lässt mich nachts oft wach liegen und nachdenken. Der wohl denkbar schlechteste Zeitpunkt, um über wichtige Dinge nachzudenken. Denn nachts scheinen die Sorgen so groß wie Hochhäuser und so gefährlich wie ein ausgehungertes Wildtier. Nachts wird das Negative größer, so viel größer, als das Positive an den besten Tagen jemals sein könnte. Nachts gewinnen die Dämonen jeden Kampf. Genau deshalb sollte man ab Sonnenuntergang nicht mehr nachdenken, man sollte das Denken ab diesem Zeitpunkt grundsätzlich sein lassen. Ab dann gilt es, alle Gedanken vor dem eigenen gerissenen Unterbewusstsein und den darin verborgenen Dämonen zu verstecken, an Stellen, die es niemals findet, und erst ab Sonnenaufgang wieder mit dem Nachdenken weiterzumachen. Doch auch Sonnenaufgänge stellen sich als trügerische Weggefährten heraus, sie geben die Aussicht auf ein Versprechen, dass es einen Moment, einen äußerst kurzen, den man nicht vermag einzufangen, gibt, in dem alles gut werden kann. Sonnenaufgänge appellieren an unsere emotionale, romantische Seite, eine Seite, die es liebt, neutralen Gelegenheiten optimistisch entgegenzublicken. Solche Momente sind so kurz, wie die dort imaginierten Gelegenheiten selten sind. Deshalb sind Sonnenaufgänge im Grunde genauso schlecht wie die Nacht mit all ihren Dämonen. Der feine Unterschied ist nur, dass die Nacht länger andauert als ein Sonnenaufgang. Weshalb die negative Seite von Anfang an einen deutlichen Vorteil hat. Auch in Situationen, wo wir sie nicht brauchen können.

Nämlich dann, wenn wir wachsen.

Wenn wir wachsen, wenn wir uns aus unserer Bequemlichkeit herauswagen, dann tun wir dies nur, wenn wir uns in einer unangenehmen Situation befinden. Man verändert sich allein dann, wenn etwas Einschneidendes passiert, wenn man sich von allen verlassen fühlt und sich am liebsten ganz woanders hin wünschen würde. Wenn man sich in solch einer Situation wiederfindet, die an Absurdität und Nervenkitzel nicht mehr zu überbieten ist, dann sollte man kurz innehalten und sich bewusst machen, dass gerade etwas Großes geschieht. Man wächst. Man erlangt eine neue Form von Bewusstsein, die man vorher nicht wahrgenommen hat. Nicht wahrnehmen hat können. Vielleicht ist es eine Freundschaft, die so nicht mehr funktioniert, vielleicht eine Kompetenz, die einem fehlt, oder ein Entschluss, der das eigene Leben verändern wird. Gerade Letzteres führt zum wahrscheinlich größten persönlichen Wachstum. Ab dem Augenblick, in dem man Verantwortung für sich und seine Taten übernimmt, wird man zu einer anderen Person. Vielleicht mag dies nicht jedem gefallen,

Menschen sind veränderungsresistent und ziehen das Altbekannte dem Neuen und Unbekannten vor. Und dann geschieht es. Zweifel, die von Anderen gesät worden sind, kommen hoch. Sie werden groß und immer größer und man kann sie nicht mehr von den eigenen unterscheiden. Man ist versucht, aufzugeben und sein eigenes Wachstum zu beenden, um wieder zum Gewohnten zurückzukehren.

Doch das geht vorüber. Wenn man sich wieder ins Gedächtnis ruft, warum man sich in dieser Situation befindet, warum dieser Weg der einzig richtige ist. Diese Sicherheit wird die Dunkelheit vertreiben, die Zweifel, die sich so tief in einen hineingefressen haben. Doch es wird nicht einfach. Es wird schmerzhaft. Und man muss stark sein. Doch vor allem muss man Eines tun, nämlich niemals die Hoffnung und den Glauben aufgeben. An sich selbst und das, was man daraus machen kann. Denn solange dieser Glaube aufrecht bleibt, kann man auch vorwärts gehen. Dieser Gedanke hält einen am Leben und bringt einen dazu, einen Fuß vor den anderen zu setzen. Jeden Tag aufs Neue.

Und man sollte froh sein, um jede Situation, die sich anders entwickelt, als erwartet. Eine Situation, die unsere vertraute Umgebung so weit zurücklässt, dass nicht einmal mehr das Adrenalin helfen kann. Man sollte dieses Gefühl der Verzweiflung, der Angst, des Verlorenseins genießen.

Denn das ist Wachstum.

Sie saß noch eine Weile da, den Stift in der Hand, und rührte sich nicht. Sie fühlte sich verstanden, das Papier urteilte nicht. Das tat es nie. Nach einiger Zeit legte sie den Stift beiseite, faltete das beschriebene Stück Papier, einmal, zweimal, steckte es in einen Umschlag, öffnete eine Schublade ihres Schreibtisches und legte den Umschlag mit dem Papier hinein. Dann stand sie auf und ging zum Fenster, starrte hinaus in die Nacht. Der Mond schien hell und tauchte alles in ein weißes Licht. Da war eine Spiegelung im beschlagenen Fenster, sie erkannte nur undeutliche Umrisse. Sie sah genauer hin, betrachtete sich im trüben Glas. Wie eine Offenbarung sah sie die Person im Fenster an. Sie war da, sie stand vor ihr. Eine neue Präsenz, von der sie bisher nicht gewusst hatte, dass sie existierte. Doch da war sie, unscharf, aber sie war da. Und sie würde nicht wieder verschwinden, das spürte Eva und sie begann zu lächeln.

Der Schweiß tropfte ihr von der Stirn, doch sie hörte nicht auf. Noch nicht. Noch ein bisschen. Ein kleines bisschen. Die Muskeln in ihren Armen und Beinen brannten, sie zitterte, aber sie blieb in ihrer Position. Sie spürte, wie ihre Kraft langsam schwand. Noch ein bisschen, ein kleines bisschen. Sie biss die Zähne zusammen und atmete ein und aus. Sie wollte schreien, um sich von ihren schmerzenden Gliedern abzulenken. Nicht mehr lange, nicht aufgeben. Dreißig Sekunden. Neunundzwanzig, achtundzwanzig, siebenundzwanzig, sechsundzwanzig, fünfundzwanzig. Einatmen. Vierundzwanzig, dreiundzwanzig, zweiundzwanzig, einundzwanzig, zwanzig. Ausatmen. Neunzehn, achtzehn, siebzehn, sechzehn, fünfzehn. Einatmen. Vierzehn, dreizehn, zwölf, elf, zehn. Ausatmen, Zielgerade. Neun, acht, sieben, sechs, fünf. Einatmen, fast geschafft. Vier, drei, zwei, eins, fertig. Ihre Muskeln gaben nach und sie fiel auf die Matte. Ihre Beine schmerzten, so wie ihre Arme, ihr Rücken und ihr Bauch. Doch sie lächelte. Die Schmerzen taten gut, denn es bedeutete, dass sie am Leben war. Schmerzen bewiesen, dass sie stärker wurde. Dass ihr Körper mehr aushalten konnte als noch Wochen zuvor. Sie brauchte niemanden. Sie war allein und brauchte niemanden. Sie selbst war alles, was sie brauchte. In diesem Moment klingelte ihr Telefon.

Ja?

Du hast es vergessen.

Was hab ich vergessen?

Das Konzert.

Eva sog hörbar die Luft ein. Das Konzert, zu dem Mirjam sie eingeladen hatte. Nur, dass sie dort allein hingehen musste.

Ich …

Du hast es vergessen.

Mirjam klang nicht überrascht, sondern sie schien es vorhergesehen zu haben.

Deshalb habe ich dich angerufen. Du hörst jetzt auf mit dem Lesen oder dem Sport oder was auch immer du gerade machst, gehst nach oben und ziehst dir das Kleid an, das ich dir besorgt habe. Und dann gehst du in dieses Konzert.

Eva lächelte. Mirjam wollte verhindern, dass sie in ihre alte Bequemlichkeit verfiel. Und das tat sie, indem sie ihr eine Karte für ein Konzert schenkte, zu dem sie allein hingehen sollte. Es klingt banal, ich weiß. Ayla kann es verstehen, aber ich finde es banal. Eva schien es ebenfalls nicht banal vorzukommen, weshalb sie den Termin verdrängt hatte, bis zu diesem Anruf.

Ich geh duschen und fahr dann zum Konzert.

Ich bin stolz auf dich, sagte Mirjam noch, bevor sie auflegte.

Eva blieb noch einen Moment auf der Matte sitzen, trank einen Schluck Wasser und massierte ihre Beine. Dann stand sie auf, duschte und ging in ihr Schlafzimmer, um das Kleid von Mirjam anzuziehen. Es war schwarz, hochgeschlossen und eng anliegend. Es betonte ihre schmale Taille. Sie betrachtete sich kurz im Spiegel und schüttelte dann den Kopf. Sie würde in das Konzert gehen, aber dieses Kleid konnte sie nicht anziehen, sie würde auffallen und das wollte sie vermeiden. Dazu war sie noch nicht bereit. Deshalb entschied sie sich für etwas Schlichteres. Rock und Bluse, in gedeckten Farben. Wie üblich schminkte sie sich nicht, auch wenn Mirjam darauf bestanden hatte. Sie würde es nicht erfahren, so wie sie nicht erfahren würde, dass sie ihr Kleid nicht trug. Eva betrachtete sich noch einmal kurz im Spiegel, dann fuhr sie zum Konzert.

Der Saal war gefüllt mit Menschen in feinen Kleidern. Allesamt waren sie eleganter gekleidet als Eva und sie wünschte sich, dass sie doch Mirjams Kleid angezogen hätte. Damit wäre sie weniger aufgefallen, als sie es mit ihrer schlichteren Wahl nun tat. Doch es schien sich niemand um sie und ihr Aussehen zu kümmern. Sie spürte keine Blicke auf sich ruhen, hatte nicht das Gefühl, Erwartungen erfüllen zu müssen. Alle waren so sehr mit sich selbst beschäftigt, dass sie das Mädchen, das allein zum Konzert gekommen war, nicht beachteten. Eva traute dem nicht ganz. Es dauerte eine Weile, bis sie ihren Sitzplatz eingenommen hatte, bis sie sich entspannte und begann, die Menschen um sich herum mit neuem Interesse zu beobachten. Eine Dame in einem langen Kleid sprach mit einem älteren Herrn, sicher zwanzig Jahre älter als sie selbst, und berührte ihn dabei immer wieder am Arm. Das schien ihm zu gefallen und die Dame berührte ihn immer öfter. Einmal am Arm, an der Schulter und einmal, ja, da berührte sie ihn sogar am Hals, wohl unter dem Vorwand, einen Faden entfernen zu wollen. Ein anderes Paar schien sich zu streiten, wobei sie versuchten, es zu verbergen. Denn obwohl sie nebeneinander saßen, sahen sie einander nicht an. Die Frau starrte zur Seite und der Mann sah zur Bühne, die Hände einmal auf den Schenkeln ruhend, dann wieder in der Hosentasche und dann in seinen Haaren. Zwei ältere Frauen schienen das Gewusel im Konzertsaal, so kurz vor der Vorstellung, so interessiert zu beobachten, wie es Eva gerade tat. Sie tuschelten immer wieder miteinander, deuteten auffällig unauffällig auf bestimmte Menschengruppen, lachten leise und tuschelten wieder.

Eine etwas ältere Dame mit kurzen grauen Haaren und einer Dauerwelle setzte sich auf den Platz neben Eva.

Sind Sie auch alleine hier?, fragte die Dame freundlich.

Eva nickte, Ja, das bin ich.

Wissen Sie, die Dame beugte sich in Evas Richtung, mein Mann kann diese Art von Konzerten nicht leiden.

Nein?

Nein, nein. Er kann sie nicht ausstehen. Und, sie lachte leise, am Anfang habe ich ihn immer mitgenommen. Mir zuliebe ist er mitgekommen. Aber er hat jede Sekunde gehasst.

Das ist schade.

Ja, das ist es. Aber noch viel schlimmer ist, dass ich das gespürt habe und ich dann das Konzert auch nicht genießen konnte. Ich meine, sehen Sie sich doch um, sie deutete in den Saal, diese Stimmung, diese Atmosphäre. Wunderbar, nicht wahr? Und wenn er dabei war, dann konnte ich es nicht mehr fühlen.

Die Dame machte eine kurze Pause, bevor sie zu lächeln begann.

Deshalb habe ich ihm verboten, solche Konzerte mit mir zu besuchen. Wissen Sie, seitdem, ja, seitdem gehe ich einmal im Monat in ein solches Konzert. Und ich genieße jede Sekunde davon. Und er, sie kicherte, was Eva kurz irritierte, er genießt die Zeit alleine zu Hause.

Aber das ist doch schön, sagte Eva.

Die Dame nickte langsam. Ja, das ist es.

Das Konzert war wunderschön, Eva genoss, wie die Dame neben ihr, jede Sekunde davon. Als die letzten Töne verklungen waren, stand die Dame neben ihr auf, zwinkerte Eva kurz zu, bevor sie im Getümmel der nach draußen strömenden Menschen verschwand. Eva hingegen blieb sitzen, mit geschlossenen Augen, und ließ die Eindrücke des Abends auf sich nachwirken. Als nur noch wenige Menschen im Konzertsaal waren, stand sie auf und ging hinaus. Noch immer spürte sie eine Melodie in ihrem Inneren, bewegte sich im Takt einer Musik, die nur sie selbst hören konnte. Die Sonne war bereits untergegangen, doch Eva beschloss, noch nicht nach Hause zu fahren. Sie wollte an der frischen Luft sein, spazieren, ihre Einsamkeit genießen, die mittlerweile keine Einsamkeit mehr war. Sie blieb in der Nähe der beleuchteten Straßen, sah in die geschmückten Schaufenster und beobachtete die Menschen um sich herum. Einen Moment war sie unaufmerksam. Sie sah nicht nach vorne, sondern irgendwo anders hin, abgelenkt von der Musik in ihrem Innern und den Lichtern um sie herum. Ein Moment der Unachtsamkeit genügte. Sie prallte gegen eine Person, die direkt vor ihr stand. Erschrocken blickte sie auf und sah in zwei intelligente Augen, die ihr Herz schneller schlagen ließen und ihr den Atem raubten. So sehr, dass ihre Entschuldigung im Hals stecken blieb.

Eva?

Aarons Stimme ließ sie schaudern. Sie wich einen Schritt zurück und konnte ihn nur anstarren. Da stand er vor ihr, im warmen Licht der Straßenlaternen, das seine Haare golden leuchten ließ. Sie brachte kein Wort über die Lippen, konnte ihn nur anstarren.

Was machst du hier?, fragte er und zündete sich eine Zigarette an.

Ich … war in einem Konzert.

Allein?

Sie nickte.

Aaron erwiderte nichts, er zog nur an seiner Zigarette.

Es geht dir wieder besser, sagte Eva.

Aaron nickte nur.

Eva wollte etwas sagen, sie wollte so vieles sagen, doch sie fand die Worte dafür nicht. Sie konnte ihn nur ansehen. Aaron. Wie er dastand, mit der Zigarette in der Hand, und sie betrachtete. Sein Blick wirkte distanziert, doch sie glaubte, auch etwas anderes darin zu erkennen. Was war es nur? Er machte einen Schritt in Evas Richtung, sein Veilchenduft traf sie unvorbereitet und sie hoffte, er würde die Hand nach ihr ausstrecken und sie berühren. Doch er warf die fertig gerauchte Zigarette nur in den Abfluss bei ihren Füßen und trat dann wieder zurück.

Du hast dir die Haare geschnitten, bemerkte Aaron.

Ja. Es war Zeit.

Es steht dir gut.

Danke.

Schweigen. Unangenehmes Schweigen. Noch nie hatte sie ein Schweigen mit Aaron als unangenehm empfunden, bis zu diesem Augenblick. Hätte sie nur den Umschlag bei sich, den Umschlag mit dem Brief, den sie Aaron so gerne geben wollte.

Eva.

Seine Stimme klang sanfter als zuvor. Was hatte sich geändert? Sie sah ihn an, er wirkte unscharf und trüb. Weinte sie etwa? Aaron hatte eine Hand gehoben und wischte die Träne, die ihr über die Wange gelaufen war, weg.

Aaron.

Sie schüttelte den Kopf und ging ein paar Schritte rückwärts, betrachtete ihn noch ein letztes Mal, bevor sie sich umdrehte und davonrannte. Nach Hause.

Es ging nicht mehr allein um Aaron, das ist mir heute bewusst. Möglicherweise hat sie in jener Zeit der Verlust von Aaron, die Notwendigkeit, ihn aufzugeben, so sehr erschüttert, dass sie von dieser Vorstellung derart eingenommen war, dass sie keine anderen Perspektiven zugelassen hat. Ich hingegen bin mir sicher, dass es vielmehr die Tatsache war, dass sie nicht frei war, dass sie von allen Anderen abhängig war, die sie nach und nach zermürbte und auffraß. Dass sie gefangen war und keine Heimat besaß. Dass sie dem Willen eines Anderen unterworfen war, sodass sie keinen Raum für Glück oder Gemeinschaft zulassen konnte. Aber sie machte immer wieder dieselben Fehler. Es ist frustrierend, ihr dabei zuzusehen, wie sie niemals aus ihren Fehlern lernt.

An diesem Punkt hatte sie nichts mehr, wofür es sich zu kämpfen lohnte. Natürlich, da gab es Mirjam, doch auch sie würde von ihrer Dunkelheit verschlungen werden. Auch das durfte sie nicht riskieren. Alles, was ihr geblieben war, war sie selbst. Und das war nicht viel. Doch im Leben gibt es manchmal Situationen, da muss man sich arrangieren, das weiß ich so gut wie sie. Sie musste endlich herausfinden, wer sie war. Sie, allein. Ohne Mirjam, deren Schein auf sie abfärbte, ohne Aaron, der eine Version von ihr zu reflektieren schien, die es gar nicht gab. Wer sie wirklich war? Sie griff nach ihrem Tagebuch und holte einen Stift aus der Schublade ihres Schreibtisches.

Wer bin ich?

Der Stift schwebte nur Millimeter über dem Papier, dessen Weiß ihr beängstigend entgegenstrahlte. Bereit, mit ihren Worten gefüllt zu werden. Sie hatte Respekt vor der leeren Seite.

Wer war sie? Wodurch definierte sie sich? Ihr Kopf war leer. Kein Gedanke wollte sich formen, nichts, wofür es sich lohnte, einen Satz zu schreiben. Denn sie war allein. Es gab niemanden, den sie fragen konnte. Wer glaubte an sie, wenn sie es nicht selbst tat? Niemand. Das war die Wahrheit. Das wusste sie. Wenn ich nicht daran glaube, dass sie besonders war, dass sie gut war, glaubt es niemand. Vielleicht ist genau das die Wahrheit? Auch das musste sie akzeptieren.

Sie war also allein. Und sie hätte nie gedacht, dass ihr das so zusetzen würde. Immerhin war sie früher auch oft allein gewesen. Und das sogar sehr gerne. Der Unterschied zu früher war nur, dass sie es sich dieses Mal nicht ausgesucht hatte.

Ich will nicht allein sein. Und wenn, dann sollte es meine Entscheidung sein. Und keine, die mir aufgezwungen wird.

Sie spürte ihre Hand zittern. Knirschte sie etwa mit den Zähnen? In erster Linie richtete sich ihre Wut gegen sie selbst. Wie hatte sie das nur geschehen lassen können? Warum hatte sie nichts dagegen getan? Sie war selbst daran schuld, dass sie allein war, sie sollte eigentlich verrotten in ihrer selbstverschuldeten Einsamkeit. Immerhin hatte sie nicht den Mut gehabt, etwas dagegen zu tun, sich dagegen zu wehren.

Doch das würde sich jetzt ändern. Ihr Unvermögen, sich ihres Verstandes zu bedienen, der ja immerhin da war, so will ich wenigstens glauben!, ohne dass ihr jemand vorgab, was sie zu tun hatte, würde aufhören. Sapere aude! Mit neu gewonnener Kraft und dem Mut, sich ihres Verstandes zu bedienen, begann sie zu schreiben.

Mit jedem Moment, den ich länger im Exil verbringe, wird mir eines immer deutlicher bewusst. Je mehr ich mich anpasse, je mehr ich akzeptiert werde, desto weiter entferne ich mich von meinem Zuhause. Bereits jetzt habe ich das Gefühl, nicht mehr ganz zu ihnen zu gehören. Nicht mehr ganz Teil meiner Heimat zu sein. Es scheint, als würde ich nicht mehr so richtig dazugehören. Ich bin eine Fremde in der alten Heimat und unangepasst in meiner neuen. Wer also bin ich nun? Was definiert mich? Wer definiert mich? Von wem lasse ich mich definieren?

Eva hörte auf zu schreiben. Sie erkannte, dass es an der Zeit war, nicht mehr nur zu reagieren, sondern aktiv zu handeln. Den Stift legte sie beiseite. Sie spürte den Drang, aufzuhören, bloß auf dem Papier zu existieren. Es wurde Zeit, das, was sie niedergeschrieben hatte, auch in die Tat umzusetzen. Daher klappte sie ihr Tagebuch zu, verstaute es in der Schublade ihres Schreibtischs neben dem Umschlag. Die Veränderung in ihr war real, nicht eingebildet. Sie existierte, und Eva wusste, dass sie es schaffen konnte.

Wer bin ich? Fremd in meinem eigenen Körper. Ich erkenne mich nicht wieder. Wer also bin ich nun? Bin ich ein abgespaltenes Neutron, das nicht weiß, zu welchem Atom es gehört? Wild entschlossen, weder das eine noch das andere aufzugeben, endet es unweigerlich in einer tiefen, uralten Traurigkeit. Im Verlust der Nähe zu sich selbst, im Verweigern der Tatsachen wird aus der früher so glücklichen Heimat ein schrecklich einsames Exil. Und ich bin gefangen in mir selbst.

Wer bin ich?

Es sieht gut aus, oder? Eva betrachtete sich im Spiegel, den Mirjam und sie gemeinsam ins Wohnzimmer getragen hatten. Eva trug ein schwarzes Kleid. Mirjam lächelte verhalten.

Es steht dir ausgesprochen gut, meine Liebe. Aber bist du dir sicher, dass du da heute hin möchtest?

Eva drehte sich, um sich auch von der anderen Seite betrachten zu können.

Wieso denn nicht? Wir reden schon so lang davon, endlich auf einen richtigen Ball zu gehen. Außerdem haben wir doch schon die Karten und die Kleider, wir müssen uns nur noch zurechtmachen.

Mirjam antwortete nicht, weshalb Eva sich zu ihr umdrehte. Mirjam trug ein weißes Kleid mit einem tiefen Ausschnitt und viel Spitze, dazu eine passende Tasche. Mirjam wäre nie ohne die passende Tasche aus dem Haus gegangen, anders als Eva. Es war diese Art von Kleid, die Eva niemals hätte anziehen können, und normalerweise füllte Mirjam ein Kleid wie dieses aus, mit ihrem Körper und ihrem Selbstbewusstsein. Normalerweise. Doch in diesem Moment machte Mirjam einen unsicheren Eindruck und das Kleid wirkte, als wäre es ihr zu groß, als wäre es für einen anderen Menschen gemacht.

Was ist los, Mirjam?

Sie spielte mit dem Glücksbringer an ihrem Hals, es war der, den sie von Noah bekommen hatte, und zögerte kurz, bevor sie antwortete.

Ich befürchte, dass Noah auf diesem Ball sein wird.

Eva blinzelte. Damit hatte sie nicht gerechnet.

Versteh mich nicht falsch, sagte Mirjam, davon würde ich mich nicht abhalten lassen. Das weißt du. Du kennst mich ja. Aber … in den letzten Wochen … da habe ich nachgedacht. Vielleicht war es ein Fehler, das mit Noah zu beenden.

Eva schwieg.

Sag doch was, Eva.

Was soll ich denn sagen?

Dass ich keinen Fehler gemacht habe, dass es so besser ist. Dass ich ihn nicht brauche.

Du brauchst ihn nicht.

Das meinst du nicht ernst.

Doch, ich denke nicht, dass du ihn brauchst. Aber ich … Es kann schon sein, dass es ein Fehler war.

Eva sah Mirjam nicht an, während sie sprach. Sie wusste nicht, wie sie auf ihre Ehrlichkeit reagieren würde.

Weißt du, in einer Beziehung geht es doch nicht darum, dass man einander braucht, fuhr Eva fort, von Mirjams Schweigen ermutigt, sondern darum, dass man sich eben nicht braucht. Dass man sich jeden Tag wieder für die andere Person entscheidet. Findest du nicht? Und deshalb glaub ich, dass Noah für dich so eine Person hätte sein können. Jemand, den du nicht brauchst, aber für den du dich immer wieder entscheiden würdest.

Was weißt du denn schon davon? Du hattest doch noch nie eine Beziehung.

Eva schluckte. Mirjams Worte trafen sie härter, als sie zugeben wollte.

Das stimmt vielleicht. Aber du wolltest meine Meinung, und das ist, was ich denke.

Eva, ich … Das war nicht so gemeint. Entschuldige bitte. Ich glaube ja, dass du Recht hast.

Jetzt sah Eva Mirjam doch an. Sie sah ehrlich bedrückt aus, weshalb Eva sie anlächelte und ihr eine Hand auf die Schulter legte.

Ist schon gut. Vielleicht kannst du heute mit ihm sprechen.

Und was soll ich ihm sagen?

Eva zuckte die Schultern. Dass du dich geirrt hast.

Das kann ich nicht tun. Was würde er denn dann von mir denken?

Vielleicht würde er deinen Mut bewundern, dass du einen Fehler eingestehst?

Vielleicht. Mirjam schien über ihre Worte nachzudenken. Weißt du was? Das, was du sagst, stimmt. Ich weiß auch nicht, was mit mir los ist.

Sie stand auf und nahm Eva am Arm.

Wir werden heute hingehen und den Abend genießen und dann werden wir sehen, was noch alles passiert.

Eva lächelte. Es fühlte sich gut an, zur Abwechslung einen Rat gegeben zu haben und zu merken, dass dieser Rat angenommen wurde. Gemeinsam gingen sie nach oben ins Badezimmer. Zum ersten Mal seit Jahren schminkte sich Eva und sie hatte das Gefühl, dass es ihr dabei half, ihr neues Ich zu akzeptieren und es heute zu präsentieren. Sie musterte sich im Spiegel, betrachtete das dunkle Kleid und sah ihre Spiegelung klar und deutlich vor sich. Sie war den Anblick nicht gewohnt. War sie hübsch? Heute könnte man es wohl behaupten. Doch das war nicht das Irritierende daran, vielmehr war es die Tatsache, dass Eva es erkannte. Sie war hübsch und sie freute sich darauf, dass es die Anderen ebenfalls bemerkten.

Es war bereits dunkel, als sie mit Mirjam den großen Ballsaal betrat. Schwitzende Körper in flackerndem Neonlicht, die versuchten, sich im Takt der schnellen Musik zu bewegen, füllten die Tanzfläche. Eva sah Mirjam dabei zu, wie sie sich im Takt der Musik bewegte. Ihre natürliche Eleganz schüchterte Eva ein und Mirjam war die Hauptfigur. Sie nahm den Raum ein und ließ alle daneben verblassen. Da war es wieder, das Gefühl, nicht Teil dieser Geschichte zu sein. Doch eigentlich sollte es etwas Erheiterndes haben, nur den Menschen dabei zuzusehen, wie sie versuchten, die Aufmerksamkeit des anderen Geschlechts auf sich zu ziehen. Und anschließend zu beobachten, wie sie, wenn sie erfolgreich waren, mit ihrer Beute so eng zu tanzen begannen, dass man unmöglich zusehen konnte, ohne dabei zu erröten. Je länger sie die Menschen beobachtete, desto mehr fühlte sie sich wieder wie die Leserin der Geschichte, die nicht ihre war. Eva mochte dieses Gefühl nicht mehr, denn sie kam sich selbst vor wie eine Fremde, es war nicht ihr neues Ich. Sie war wieder jemand, der von außen zusah, beobachtete und bewertete. Wie ein abgespaltenes Neutron, auf der aussichtslosen Suche nach dem passenden Atom, das es einfach nicht gab. Das konnte sie nicht zulassen. Nicht heute.

Also ging sie an die Bar, bestellte sich etwas mit Alkohol. Was trank Mirjam immer? Tequila? Sie bestellte Tequila und kippte ihn in einem Zug hinunter. Der Alkohol brannte und sie merkte, wie sie lockerer wurde. Sie bestellte sie noch einmal dasselbe. Der bittere Geschmack des Alkohols lag ihr auf der Zunge, doch jetzt fand sie Gefallen daran. Sie spürte, wie sie mutiger wurde. Also bestellte sie noch ein drittes Mal Tequila, spürte den Mut noch deutlicher. Das Brennen des Alkohols breitete sich in ihrem Körper aus, ihr wurde warm, immer wärmer. Sie lächelte, genoss das Brennen in ihren Gliedmaßen, sie stellte sich in die Mitte des Saales und begann zu tanzen. Sie suchte nicht nach Mirjam, nicht heute.

Denn heute gab es niemanden außer ihr. Das Brennen des Alkohols wurde stärker und sie begann zu leuchten. Niemand schien heller als sie, ihr Licht leuchtete am hellsten. Sie war da und sie wollte, dass die Anderen es mitbekamen. Sie tanzte allein, niemand traute sich an sie heran, vielleicht aus Angst, sich an ihrem Licht zu verbrennen. Eva lächelte. Ja, sie würden sich verbrennen, wenn sie ihr zu nahe kamen. Denn sie war das Feuer und Feuer war gefährlich. Sie begann zu lachen. Ihr Feuer brannte, es loderte und es war gefährlich.

Sie drehte sich, schneller und immer schneller, sie wusste, dass die Anderen sie beobachteten, und sie genoss es. Sie erwiderte ihre Blicke, forderte sie dazu heraus, sie zu verurteilen. Niemand traute sich. Niemand. Alle hielten ihren Abstand. Alle. Bis auf einen.

Er trug ein schwarzes Hemd und sah sie an, er kam auf sie zu, bis er direkt vor ihr stand und ihre Hände in seine nahm. Gemeinsam tanzten sie, ohne dass Eva sich dafür entschieden hätte. Doch sie tanzten und sie hinterfragte es nicht. Er roch noch immer nach Veilchen und der Druck seiner Hände war fest, als er begann, die Richtung zu bestimmen, in die sie tanzten. Es gab nur sie beide, wie sie tanzten und sich drehten und sich dabei ansahen.

Dann hörte die Musik auf und sie blieben stehen. Aaron hob die Hand und strich ihr eine Haarsträhne aus dem Gesicht.

Du siehst umwerfend aus, sagte er.

Eva erwiderte nichts, sah ihn nur an. Sie hatte vergessen, wie er aussah. Hatte vergessen, wie er roch und wie gut sich seine Berührung anfühlte. Hatte sie es vergessen oder verdrängt? Machte es überhaupt einen Unterschied? Ihr Herz erinnerte sich, ihr Herz hatte nichts vergessen. Es schmerzte mehr, als sie erwartet hatte.

Noch einen Augenblick konnte sie ihn betrachten, noch einen Augenblick konnte sie den Schmerz ertragen.

Dann war der Augenblick vorbei und sie drehte sich um, drängte sich durch die Menschenmenge, die ihr keine Aufmerksamkeit mehr schenkten.

Wo willst du hin?, fragte Mirjam.

Doch Eva antwortete nicht, sie hatte nur einen Gedanken. Flucht.

Es war ein angenehm kühler Abend, denn es wehte ein frischer Wind. Die Luft drinnen war dick von all den Versprechen und sinnlosen Liebesbekundungen gewesen, die doch niemanden interessierten. Sie hatte alle getäuscht, sie hatte nicht das Potential zur Hauptfigur. Wie hatte sie das nur glauben können? Sie war eine Lügnerin, eine Hochstaplerin, eine Betrügerin. Und alle würden es sehen. Eva lachte bitter, während sie immer weiter lief. Das ständige Fliehen, es hinterließ seine Spuren und erfüllte ihren Körper mit einer Erschöpfung, als wäre er hundert Jahre alt. Sie wollte nicht mehr. Sie konnte nicht mehr. Aber trotzdem blieb ihr nichts anderes übrig, sie sah keinen anderen Ausweg als wegzulaufen, immer weiter, ohne stehenzubleiben. Ohne zurückzublicken. Sie zuckte zusammen, als sie jemand an der Schulter fasste. Sie musste sich nicht umdrehen, um zu wissen, wessen Hand sie daran hinderte, weiter zu laufen. Weiter zu fliehen. Die Angst ist nur in deinem Kopf. Sie ist nicht real.

Eva.

Aarons Stimme war ruhig, gefasst. Sie weigerte sich, ihn anzusehen. Weigerte sich noch immer, zurückzublicken. Als würde er verschwinden, wenn sie nur fest daran glaubte. Widerstrebend drehte sie sich zu ihm um, als er den Druck seiner Hand auf ihrer Schulter verstärkte. Sie konnte ihn nicht klar erkennen. Hatte sie geweint? Schon wieder? Sie schluckte und richtete sich auf, versuchte Haltung zu bewahren.

Eva.

Er machte einen Schritt auf sie zu.

Bleib bei mir. Und hör endlich auf, davonzulaufen wenn es schwierig wird.

Sie wich zurück.

Das kann ich nicht.

Aaron schüttelte den Kopf, kam aber nicht näher. Ich werde nicht gehen. Solang ich glaube, dass du mich brauchst, werde ich nicht gehen. Ich bleib bei dir.

Er sah sie an, sein Blick zeigte, dass er jedes Wort so meinte. Noch heute verstehe ich es nicht. Wie konnte er sie so ansehen, nach dem, was sie ihm angetan hatte? Wie konnte er ihr verzeihen? Er machte sich lächerlich und wofür? Für eine Person, die ihn nicht einmal zu schätzen wusste. Sein Versprechen war tröstlich, enthielt aber auch eine gewisse Komplexität, ein fragiles Gleichgewicht zwischen Sicherheit und Abhängigkeit. So oft hatte sie sich vorgestellt, diese Worte aus seinem Mund zu hören. Ein Versprechen für die Ewigkeit, denn brauchen würde sie ihn immer. Doch in diesem Moment, in der kühlen Abendluft, mit vereinzelten Ballgästen, die sie beobachteten, stieg Unbehagen in ihr auf. Sie sehnte sich nach einer Liebe, die nicht auf Abhängigkeit beruhte, einer Liebe auf Augenhöhe. Konnte er nicht einfach nichts tun? Dabei war ihr klar, dass nicht Aaron das Problem war, sondern sie selbst. Sie war es, die abhängig war, die sich abhängig machte. Seine Worte waren aufrichtig, das waren sie immer, aber in ihnen schwang auch das Gewicht einer Bedingung mit, die sie verletzlich machte. Denn er war derjenige, an den sie ihr ganzes Glück geknüpft hatte. Und sie war sich nicht sicher, ob sie bereit war, das zu akzeptieren.

Lass mich endlich in Ruhe. Verschwinde einfach!

Das werd ich nicht, sagte Aaron.

Eva, was ist los? Was brüllst du hier so rum?

Mirjam war ihnen gefolgt. Mit einem Mal verstand Eva, was sie ihr damals erzählt hatte. Es hatte etwas mit Respekt zu tun. Zwar wünschte sich Eva, dass Aaron blieb, doch das konnte er nicht wissen. Sie hatte es ihm gegenüber nie geäußert, sie hatte ihn sogar ausdrücklich gebeten, zu gehen. Und er hatte nicht auf sie gehört, er hatte ihre Grenzen nicht respektiert.

Du respektierst meine Grenzen nicht, schrie sie. Du ignorierst meine Wünsche und meine Gefühle. Gefällt dir das, gebraucht zu werden? Gefällt es dir, wenn du weißt, wie sehr ich dich brauche? Weil du dich dann mächtig fühlst, oder?

Mit ihr war er mächtig, sie war machtlos gegen ihn. Und sie hatte es zugelassen, hatte sich in dieser Dynamik wohlgefühlt, sicher gefühlt. Sie war selbst schuld an ihrer Situation. Aber verdiente sie nicht trotzdem Respekt? Hatte sie es nicht verdient, dass man ihr zuhörte und sie nicht ignorierte? Dass man sie nicht überging?

Warum glaubst du, dass immer alle gegen dich sind?, fragte Mirjam.

Eva wurde zornig, die Machtlosigkeit verlieh ihr Kraft. Sie ignorierte Mirjam, die hinter Aaron stand und sah ihn stattdessen an. Hatte er Angst vor ihr? Sie machte einen Schritt auf Aaron zu. Als sähe sie ihn zum ersten Mal, verwischte das Blau seiner Augen, es wurde zu einem hässlichen Schwarz, die Linien in seinem Gesicht, einst wie gemeißelt, begannen sich zu verändern. Wie von einem unsichtbaren Pinsel gemalt, verschoben sich seine Züge. Eva stand nur da, sie konnte sich nicht bewegen. Die Zeit schien sich zu drehen und zu falten, während sein Antlitz vergangene Begegnungen widerspiegelte und die Grenzen zwischen Erinnerung und Gegenwart verwischten. Er begann zu lachen. Es war ein Lachen, das sie zurückweichen ließ. Sie schien zu zittern und ihre sonstige Selbstsicherheit war wie weggeblasen. Sie hatte Angst vor ihm, er sah es in ihren Augen. Sie drehte sich um und machte Anstalten, davonzulaufen. Doch er packte ihre Tasche und zog sie zu sich zurück.

Du siehst nur das, was du sehen willst. Oder sehen kannst. Du denkst nicht daran, zu erkennen, was unsichtbar ist. Du gehörst mir und ich lasse dich nicht gehen, flüsterte Eden. Uns kann jetzt nichts mehr trennen.

Seine Stimme war direkt an ihrem Ohr, ihr Rücken an seiner Brust. Er konnte ihren Herzschlag spüren, ihre Verzweiflung. Wie sie sich dagegen zu wehren versuchte, was gerade passierte. Er genoss ihre Angst, ihre scheiß Angst. Ihre lächerliche Kraft kam nicht im Geringsten gegen jene an, die die Eifersucht ihm verlieh. Die aufgestaute Eifersucht und sein Verlangen, das er immer hatte unterdrücken müssen. Doch das hatte jetzt ein Ende. Er genoss ihre lächerlichen Versuche, sich zu befreien, genoss sie, die erzwungene Nähe. Jetzt hatte er die Macht und er war nicht bereit, diese wieder abzugeben. Seine Finger schlossen sich um das Heft des Messers, das er bei sich trug und ihr jetzt direkt an die Kehle hielt. Blut lief über ihren Hals, über seine Finger und versickerte sichtbar im Saum ihres Kleides, immer weiter fraß sich das Rot in das Weiß des Stoffes. Sie schrie, wand sich in seinen Armen, versuchte sich zu befreien. Eden nahm das Messer von ihrer Kehle, er traute seinem Temperament nicht. Sonst würde er sich den Spaß verderben, wenn es zu schnell ging. Stattdessen packte er sie an den Haaren, zog sie näher zu sich heran. Näher. Ja, so war es gut. Fester. Das tat gut. Ihr Gekreische beruhigte ihn. Fester, immer fester. Das war zu fest. Sie wimmerte nur.

Nie wieder wirst du mich ignorieren. Nie wieder wirst du mich respektlos behandeln.

Sie hatte aufgegeben. Er spürte es. Es zeigte die Macht, die er über sie besaß. Und das war alles, was er brauchte. Er genoss das Gefühl. Fester. Aber nicht zu fest, nicht so fest wie eben. Warum gab sie keinen Ton von sich? Warum spürte er nichts mehr? Er ließ ihre Haare los und drehte sie zu sich herum. Sie wirkte verstört, ihr Blick war voller Verachtung. Sie hatte es niemals ernst gemeint. Aber das war nicht möglich. Blind vor Wut packte er das Messer erneut und setzte es direkt an ihrer Brust an. Er schnitt durch ihr Fleisch. Immer tiefer, immer fester. Mit jedem Zentimeter, mit dem das Messer tiefer in ihre Brust drang, spürte er das Fleisch, die Sehnen und das Fett, welches die scharfe Klinge durchtrennte. Tiefer. Immer tiefer. Er genoss das Gefühl des Zerstörens, des Tötens, des Sich-Befreiens.

Sie erwachte aus ihrer Starre und sie war wieder da.

Ihre Hände waren voller Blut. Das Messer wog schwer in ihrer Hand. Edens Gesicht verschwamm vor dem ihren, sie blinzelte, konnte ihn nicht mehr erkennen. Wo war er hin? Sie blinzelte erneut. Edens ganzer Körper verformte sich, während er langsam zu Boden sank. Das Gesicht nahm wieder die Form an, die Eva so liebte. Die Haare waren wieder blond und die Augen blau. So viel Blut. Stumm, auf der Suche nach Worten für das Unaussprechliche, sank Eva auf die Knie. Eine Leere erfüllte ihren Körper. Sie ließ das Messer fallen und konnte nur auf den reglosen Körper vor sich blicken, der in einer Blutlache lag, die sich immer weiter ausbreitete. Der Stoff ihres dunklen Kleides sog sich mit dem Blut voll. Alles war rot, so rot. Die Wunden waren tief und unnötig brutal.

Tote Augen prangerten sie an. Sie und ihre Schuld. Sie sackte nach vorne, ihre Hände fanden keinen Halt und sie rutschte ab. Der Geschmack von Blut breitete sich in ihrem Mund aus und sie schob sich nach vorne, näher an den Körper, der ohne jegliche Regung vor ihr lag. Nein. Nein, nein, nein. Schrie sie? Dachte sie es bloß? War ihre Stimme wieder verschwunden? Wo war sie hin? Es ist nur in deinem Kopf. Es ist nicht real. Nicht real. Sie schob den Glücksbringer zur Seite, um nach einem Puls tasten zu können. Ihre Brust verengte sich, sie bekam keine Luft. Sie erstickte. Es konnte nicht wahr sein. Nein. Wie ein Kind wiegte sie sich vor und zurück, die Bewegung hatte etwas Tröstliches. Solange sie sich bewegte, gemeinsam mit dem Körper bewegte, konnte es nicht wahr sein. So lange bewegte er sich ja, oder? Tote bewegen sich nicht. Es ist nicht real. Nicht real.

Ich habe unter Schock gestanden, erklärte mir Ayla später. Dass es nicht meine Schuld gewesen wäre, das sagte sie mir auch. Ich wusste es besser. Es war ihre Schuld gewesen, ihre allein. Ich habe nur reagiert, nichts weiter. Wer kann mir das vorhalten? Ich habe nur getan, was ich tun musste, um zu überleben. Wenn die Anderen zu beschränkt in ihrem Denken sind, um das zu verstehen, dann kann ich das auch nicht ändern. Ich weiß es. Ihr wisst es, die ihr diese Zeilen lest. Ihr seid doch auf meiner Seite, oder? Ja, ihr wisst es. Ich bin unschuldig. Sie trägt die Schuld, sie allein.

Es ist deine Schuld, deine allein. Du musst mit dieser Schuld leben. Du hast das Einzige, das dir etwas bedeutet hat, getötet. Du allein bist schuld.

Nein, nein, nein. Du warst es! Du warst es, der mich dazu gebracht hat. Du trägst die Verantwortung, genauso wie ich!

Nein, das warst du, ganz allein. Ich habe dir nur gezeigt, wozu du immer schon fähig warst.

Dafür wirst du bezahlen!

Bist du dir sicher? Dazu fehlt dir doch der Mut.

Meine Stimme in ihrem Kopf war wie ein Parasit, den sie nicht loswurde. Ich war so nah bei ihr, wie ich es noch nie gewesen war. Ich war überall, ich ließ sie meine Gegenwart überall spüren. Ich war in ihren Augen, auf ihrer Haut, in ihren Lungen. Jeder Atemzug, den sie machte, machte mich stärker. Sie war schwach und ich war stark. Ihre Verzweiflung machte mich stark. Ich war so stark wie nie zuvor. Ich war endlich dort, wo ich hingehörte, ich stand im Licht. Ich war die Hauptfigur und alle anderen nur kleine Nebendarsteller, Statisten.

Nein, ich schreibe und bestimme, was passiert und was nicht.

Ich besitze die Macht, nicht du.

Wie kannst du das sagen?

Du hast es nicht in dir, es zu tun.

Ist das eine Herausforderung?

Soll ich es dir beweisen?

Du kannst mir nichts beweisen, was ich nicht schon längst wüsste.

Du bist feige, du bist ein dreckiger Feigling.

Du kannst mich nicht mehr ignorieren.

Es gibt nichts mehr, womit du mich erpressen kannst.

Und du bist zu schwach, du kommst nicht gegen mich an.

Du hast mir alles genommen! Ich habe nichts mehr, was mir etwas bedeutet. Und dein Leben ist ohne das meine auch nichts mehr wert.

Du kannst nicht ohne mich überleben.

Ich halte dich am Leben.

Wie konnte ihr das erst jetzt auffallen?

Ihr Leben war es, das das meinige am Leben hielt. Wenn sie dem ein Ende setzte, würde sie allem ein Ende setzen. Sie würde kämpfen und wenn es das Letzte war, das sie tat. Ich musste jetzt handeln, ansonsten wären meine Mühen sinnlos gewesen. Wir kämpften einen lautlosen Kampf, einen Kampf um Leben und Tod. Ich war dem Sieg so nahe. Es gab niemanden mehr, niemanden außer mir. Sie hatte nur noch mich. Doch ich würde nicht mehr zurück in den Schatten gehen, nein. Ich hatte das Leben gekostet und es gefiel mir. Es gab keinen Platz für uns beide, ich würde sie vernichten müssen, das war mir klar. Ich musste sie klein machen, so klein, dass sie niemals wieder wachsen konnte. Und ich genoss es. Sie zu zerstören, war ein Genuss. Alles, was sie mir angetan hatte, all die Zeit, die sie mich nicht leben hatte lassen, all die Ratschläge, die sie ignoriert hatte, alles fiel nun auf sie zurück. Es erdrückte sie. Sie erstickte an ihren eigenen Taten. Sie brachten sie um. Sie hatte sich selbst umgebracht. Die Schuld, sie wog schwer auf ihr, wie ein Schwert. Und ich hielt dieses Schwert in meinen Händen, bereit, damit zu richten.

Dass sie so sterben würde, hatte sie sich nicht gedacht. Alles hatte sie sich ausgemalt. Aber der Tod hält sich an kein Manuskript. Sie sah mich mit solch einer Enttäuschung in den Augen an, als hätte ich sie verraten. Dabei war sie es, die mich verraten hatte. Sie!

Ich nahm das Schwert, sie würde endlich für ihren Verrat bezahlen. Ich nahm das Schwert, das sie für mich bereit gehalten hatte und sprach mein Urteil. Die Wut gab mir Kraft, ich holte mir meinen Körper zurück. Immer härter urteilte ich mit dem Schwert, dem Schwert aus ihrer Schuld. So tief, wie der Zorn in mir saß. Tiefer, tiefer! Immer tiefer.

Du wirst mich nie wieder ignorieren, sagte ich und sah ihr in die Augen.

Aber du kannst mich nicht töten, sie hatte Mühe die Worte zu formulieren, wir gehören zusammen.

Sie war der Parasit, nur ein dreckiger Parasit. Fester, tiefer, ich musste das Geschwür loswerden. Sie alle!

Sie wurde immer kleiner, bis nichts mehr von ihr übrig war. Meine Macht war größer als ihre Angst. Ich war frei, ihre Schuld war beglichen. Ich lächelte, obwohl ich nichts in mir fühlte. Keine Angst, keine Panik, keine Befriedigung. Nur Leere.

Wer bin ich?

Ayla kommt mich regelmäßig besuchen, jeden Tag. Und sie ist freundlich zu mir, fragt mich, wie es mir geht, erzählt mir von ihrem Tag und fragt mich nach meinem, obwohl sie die Antwort bereits kennt. Sie fragt sehr viel, wenn sie kommt. Das ist lästig. Ich möchte ihr nichts erzählen, sondern möchte mehr von ihr hören, es ist eine angenehme Abwechslung. Ayla erzählt dauernd etwas Neues, nicht interessant, aber anders. Ob es immer die Wahrheit ist? Ich glaube nicht. Ich glaube, sie erfindet Geschichten, um mir eine Freude zu machen. Aber ich höre ihre Lügen gerne, sie sind unterhaltsam.

Ohne die Liebe, sagte sie einmal, sind wir nichts. Sogar wenn wir stark genug wären, um Berge zu versetzen, dann sind wir doch schwach, wenn wir nicht lieben können. Denn die Liebe ist gütig und ereifert sich nicht. Sie macht sich nicht größer, als sie ist, und lässt kein Unrecht geschehen, sondern sucht immer nach der Wahrheit. Die Liebe hält allem stand.

Ich weiß nicht, ob das stimmt. Ayla scheint nämlich noch keine wahre Liebe und keinen wahren Hass empfunden zu haben. Sie weiß nicht, wie sehr die Liebe schmerzen kann, wie sehr sie auch Zweifel säen und den Zorn nähren kann.

Aber das sage ich ihr nicht. Ich möchte ihre naive Sicht auf die Welt nicht zerstören, sie erheitert mich zu sehr. Deshalb sitze ich neben ihr, esse was sie mir hinstellt, höre zu und begnüge mich damit, es besser zu wissen.

Am Tag, wenn Ayla da ist und über die Liebe spricht oder mit mir über das Vergangene reden möchte, geht es mir gut, auch wenn ich hier keine Zigaretten bekomme. Ich genieße die Aufmerksamkeit und vor allem die Regelmäßigkeit, mit der ich sie bekomme. Ich genieße es, Ayla dafür arbeiten zu lassen, um eine Antwort aus mir herauszubekommen. Es bereitet mir große Freude, ihr dabei zuzusehen, wie sie ihre Fragen umformuliert, dabei doch immer dieselben stellt, um eine Reaktion von mir zu bekommen. Dieses Spiel spiele ich manchmal zehn, manchmal dreißig Minuten, manchmal aber auch den ganzen Tag. Wenn Ayla geht, bin ich allein und blicke aus dem einen Fenster in meinem Zimmer, beobachte die Welt draußen, die ich nicht vermisse. Draußen ist die Realität und ich bevorzuge mein Zimmer, meine ganz persönliche Wirklichkeit. Es ist angenehm, endlich allein zu sein. Genieße es, ein Zimmer für mich allein zu haben, das ich mit niemandem teilen muss.

Vielleicht ist Ayla eifersüchtig, weil ich beginne zu sprechen, wenn sie den Raum verlässt. Der Gedanke amüsiert mich. Ich beginne zu lachen, stehe auf und gehe zum Spiegel in meinem Zimmer.

Hier bin ich und erkenne mich zum ersten Mal. Dort, wo früher nur rätselhafte Umrisse gewesen sind, sehe ich jetzt ihr Gesicht. Doch wenn ich in ihre Augen blicke, dann sehe ich in ihre Seele. Dann sehe ich mich.

Ich hebe die Hand und lege sie auf das trübe Glas, auf mein Gesicht.

Ich erkenne mich selbst, stehe mir gegenüber. Von Angesicht zu Angesicht.

Nur nachts, da denke ich noch manchmal an sie. Ob sie auch noch an mich denkt? Ob sie verstanden hat, dass alles so ist, wie es immer schon hätte sein sollen? Sie hat die Nähe zur Heimat verloren, die Verbundenheit zu sich selbst. Und wurde dadurch zu ihrem eigenen Exil. Und dieses Exil hat mir eine Heimat geboten. Sie hat mich in dieser Heimat noch nie besucht. Ich hätte sie gerne bei mir, manchmal. Aber sie weigert sich, mit mir zu sprechen, so wie ich mich weigere, mit Ayla zu sprechen. Aber ich glaube, sie macht es aus Angst und nicht aus Vergnügen, so wie ich es mache. Deshalb rufe ich nachts nach ihr. Lade sie ein, zu mir zu kommen, mich zu besuchen. Ich weiß, dass sie das nicht mag. Dass sie sich noch immer vor mir fürchtet. Ich habe Gefallen daran gefunden, sie jede Nacht zu quälen, mit meinen Rufen, meinen Einladungen.

Ich weiß, dass sie mich hört.

Ich weiß, dass sie da ist.

Foto: Marc Kroll

Verena Prantl wurde 1996 in Hall in Tirol geboren und lebt seit 2016 in Wien. Sie schloss ihr Studium der Vergleichenden Literaturwissenschaften an der Universität Wien ab und veröffentlicht seither auf ihrer Webseite zahlreiche Essays und Kurzgeschichten.

Wir bedanken uns für die finanzielle Unterstützung
bei der Stadt Wien.

Stadt
Wien

Das Zitat auf Seite 7 wurde der Bibel in der Übersetzung
von Franz Eugen Schlachter entnommen.
Dritte Revision, Genfer Bibelgesellschaft, 2002 (Schlachter 2000)

Lektorat: Eugen Jungrecht
Umschlag und Satz: Jürgen Schütz
Umschlagbild: Erstellt mit Midjourney
Druck und Bindung: Florjančič tisk d.o.o
Printed in the EU

ISBN: 978-3-99120-027-7
www.septime-verlag.at
facebook.com/septimeverlag | instagram.com/septimeverlag